宿舍大逃亡
高等升學考試
06
Dormitory Escape
火茶 著

六〇六寢室床位配置圖

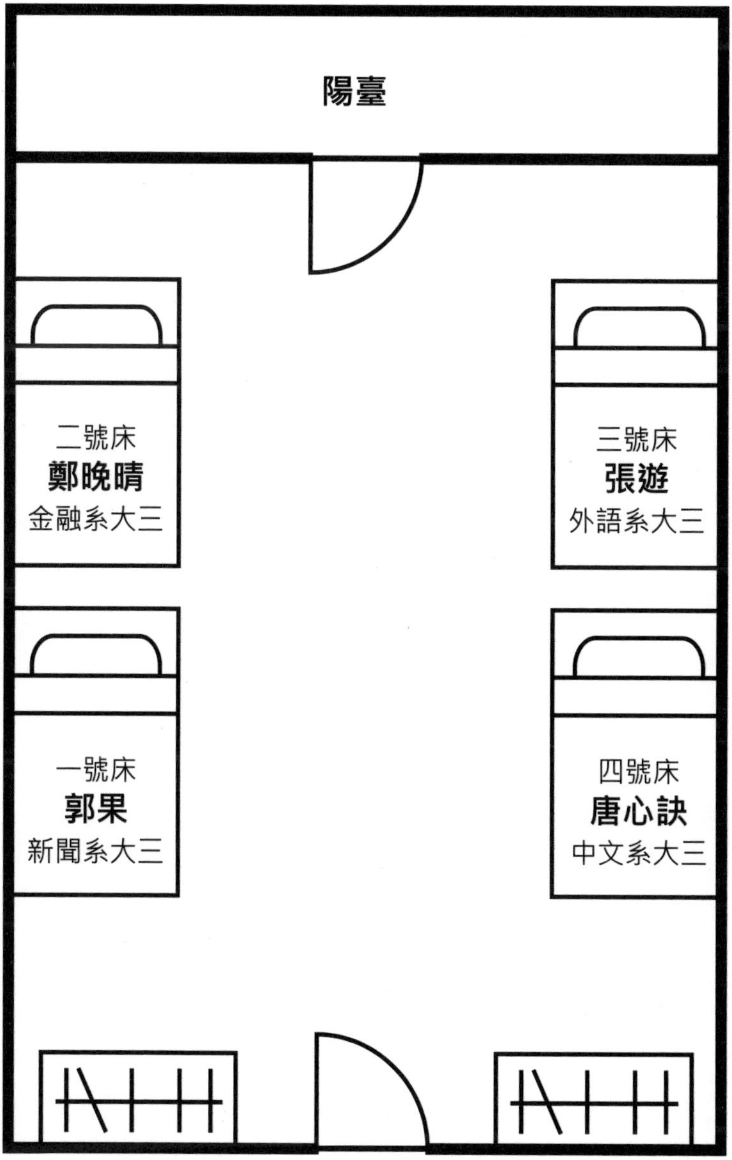

目錄

CONTENTS

第一章　高等升學考試

……是她睜眼的方式不對嗎？

從醒來沒看到室友那一刻，唐心訣就知道一定出了問題。

但她沒想到，是這麼大的問題。

還有什麼比一個已經上了好幾年大學，大腦知識還給了義務教育的人，一睜眼重新站在升學考考場前更加恐怖？

有一瞬間，就連噩夢裡的怪物都變得和藹可親起來，讓唐心訣難得有一種重新閉眼的衝動。

「喂，妳是哪個學校的學生？還不進考場，快要遲到啦！」

考場外越來越多人投來目光，有人懷疑唐心訣中暑了去喊保全，有人問她家長在哪，甚至有人推她。人潮如浪花一樣湧來，試圖把她推進考場。

在升學考面前，一切舉動都褪去了違和感，甚至充滿了合理性，讓人找不到馬腳。

——尤其是在失去異能的情況下。

唐心訣收起手指。她剛剛快速嘗試了一遍，無論是精神力還是馬桶吸盤都無法使用，身上變成了符合升學考規定的休閒衣褲，道具和手機都無影無蹤。

她沒說什麼，靜靜順著人流走入校門，經過一連串並不陌生的檢查後，踏入這棟陌生的教學大樓。

「三十七號考場，三樓右轉三〇七教室。」

大廳裡的中年女老師看了她的准考證一眼，簡潔指路。

此時距離第一科開考已經不到兩分鐘，走廊裡幾乎看不見人影，一路延展到視線盡頭，只能聽得到她自己的腳步聲。

這不合理。

唐心訣略掃一眼，心裡有了數。

現實中的升學考，走廊裡都會有老師監督走動，不可能如此空曠。

儘管場景看起來正常，但走在這條寂靜的走廊上，她還是能敏銳捕捉到一絲若有似無的陰冷。

反常之處出現，反而令她安下心來。

——畢竟，如果她現在沒瘋也沒做夢，那麼此時此地，她應該正在一個新的考試副本裡。

出於某種未知的原因，她在沒甦醒的狀態下直接進了副本，不僅沒聽到副本資訊和規則，也失去和室友的聯絡。

是副本的特殊性，還是遊戲又開始搞事？這些全都不得而知。

只能見招拆招。

腳步停在三〇七教室門口，唐心訣推開門，視野被兩道瘦削相似的女老師身影占滿，兩人面無表情站在門口，彷彿專門等著她一樣。

最後一道檢查流程走完，教室終於進入視線。

從教室布局到考生，一切都與現實別無二致。唐心訣不禁想，若她現在是失憶狀態，真會以為自己穿越回了升學考現場。

「不要到處看！」一位老師突然厲聲喝斥，高高抬手指向最後排的位子，「快過去，馬上發卷了。我再重複一次考試規則，首先——」

……就連緊迫感，都無比真實。

唐心訣莞爾坐下，默默估測副本露出真面目的時間。

是考場變異，還是試卷變異？

按照升學考的題量，不可能像經典電影副本一樣一道題一個副本。正因此，很難預測危險到來的形式。

但就算遊戲再壞，總不會真讓她們在這做升學考題吧？

兩小時後，唐心訣知道自己錯了，錯得很離譜。

因為遊戲看起來，像是真的打算讓她來一次升學考。

空調冷氣下，少女扶額對著國文卷子上密密麻麻的印刷字，中性筆無言地在手指間轉動。

這兩個小時，考場沒有發生任何意外。

最大的意外就是在做題時，你永遠不知道下一道題會出得多難。定睛看去，優美的古詩和文言文陌生得就像從沒在人生中出現過，乾淨的答題區如同在詮釋這段人生的空白。

這是一個恐怖遊戲考生應該看的東西嗎？

「考試時間還剩三十分鐘。」監考老師嚴肅提醒。

唐心訣盯著監考老師，第一次感受到一股強烈的，希望NPC趕快變異的期望，隨便怎麼變異都行。

很可惜，監考老師只是面無表情地注視回來，加重聲音強調：「最後三十分鐘！」

「……」

她認命收回筆，繼續答題。

在沒弄清楚這個副本的情況前，不能冒險放棄任何一個機會——萬一副本內容真的只是單純升學考呢？以遊戲的陰人程度，也不是不可能。

硬著頭皮寫到最後一刻，考試停止鐘聲響起，唐心訣重重鬆一口氣，將中性筆扣下。

考完不能停留在教室，她順著浩蕩的考生群向外走，尋找張遊幾人的身影。

最好的情況，她們只是被副本分到同一間學校的不同考場。

而壞的情況，她們可能不在同一間學校考場、不在同一考區……甚至不在同一城市！

然而一邊走一邊觀察了幾分鐘，唐心訣很快發現：因為這裡人太多，想觀察環境時被堵得水泄不通，想找人時又如同大海撈針，難如登天。

而每當她想從反方向走出去，洶湧的人群就將她擠回來，烏泱泱一直推到校門口，才摩西分海般散開。

驟然回到沒有異能的普通人狀態，說不違和是不可能的。唐心訣掰了掰手指關節，原地站了幾秒，沉心靜氣後抬腿邁出了大門。

「三十七號考場，三樓右轉三〇七教室。」

一張准考證在眼前晃，唐心訣下意識伸手抓住，紙張後面出現熟悉的中年女老師面孔。

「同學，妳還好嗎？」女老師發出疑問。

唐心訣從對方疑惑的瞳孔中看到自己的倒影，倒影中的女生看起來剛從發呆狀態回神，神情中還殘留一絲茫然，微妙的和她此刻的心境重疊在一起。

上一秒，她剛踏出學校大門，還在思考收集線索。

下一秒，她就站在教學大樓一樓大廳，遇見兩個半小時前發生過的一模一樣的場景。

同樣的地點，人物、話語，甚至連位子都一模一樣！

唐心訣深呼吸一口氣，問道：「老師，現在是什麼考試？」

老師奇怪地看著她：「馬上就是數學考試了。」

數學是升學考的第二科，按照一天的時間計算，現在應該是下午三點。距離上午十一點三十分國文考完，時間憑空蒸發了三個半小時。

很顯然，副本不想讓她離開這座考場。

「啊，只剩兩分鐘了，快快快，快過去啊！」

看了時間一眼，中年女老師連忙催促起來，見唐心訣沒有立即行動，她急得聲音都變了調，甚至伸手要用力推她。唐心訣下意識閃身躲過去，餘光裡立時多出十幾道人影。

原本空空蕩蕩的大廳瞬間填滿了一小半，十幾名監考員打扮的男女出現在唐心訣身後，眉頭緊皺死死盯著她，異口同聲催促：「快去考試……快去考試……快去考試！」

他們圍成一個圈，充滿壓迫感地朝唐心訣步步緊逼。只要唐心訣稍有不配合的意思，包圍圈裡的人就會飛快增加。

「……考試……考試……」

見強行反抗成功率太低，交涉也沒有效果，唐心訣果斷上樓進教室，把精神汙染擋在了門外。

「檢查！」

兩個監考老師門神般擋在面前。

……真正的精神折磨才剛剛開始。

明明少了半個小時，數學的考試時間彷彿比國文還要漫長，唐心訣挑著把能做的題都做了，便擱筆放過自己。開始一遍遍回想副本從開始到現在發生的事情，試圖推敲出邏輯。

首先，這個副本不同於以往的任何一次考試副本：沒有異能、沒有道具、沒有手機和聯絡方式，就算在腦海裡呼喚也沒反應。

除此之外，副本裡也沒出現任何關卡、危險和提示。唯一明確的指示就是讓她考試答題，活動範圍似乎被鎖定在考場區域。

寥寥幾樣道具，試卷、書寫工具、准考證，都被她檢查過無數次，確認過只是普通物品。

——不，倒是有一個地方，始終讓她覺得不對勁。

唐心訣將目光投向桌角的准考證。

那上面沒標注城市，只寫著「二〇一七年普通高等學校招生統一考試」。

如果副本的目的僅僅是要讓考生重新感受被升學考支配的恐懼，那麼這裡的年份就是畫蛇添足。

因為她們寢室四人當初的升學考時間，是二〇一八年。

「還有半小時！」

監考老師低雷一樣的提醒打斷了她的思緒，好幾個進度不佳的考生手抖了一下，在唰唰筆聲中把頭埋得更深。

唐心訣卻舉起了手。

迎著監考員嚴厲的目光，她坦然道：「老師，我想上廁所。」

「啊啊啊，數學題也太難了！我恨數學！」

向外湧出的人群中，一個女生滿臉沮喪抱著頭，生無可戀的表情和四周考生渾然一體，看不出分毫差別。

過了幾十秒，女生漸漸冷靜下來，小聲自我安慰：「沒事，反正這都不是真的，我早八百年就考完升學考了。這次只要能通關就行，就算我考不好，訣神和晚晴她們肯定沒問題……嗯，肯定能！」

說罷，她握緊拳頭走向門口，嘴裡念念有詞：「下一科是綜合，這個我擅長，絕對沒問題……」

她手裡的透明考試袋一晃一晃，透出准考證上工整的字跡：

二〇二〇年普通高等學校招生統一考試。

姓名：郭果。

就在踏出門口的前一刻，郭果突然一頓，立刻迅速轉身抓住一根桿子固定身形，同時捂住耳朵，驚喜地小聲道：「是妳嗎？」

隨著人流，張遊慢慢走出考場。

她一隻手隨意放在耳垂處，看起來神色如常，嘴唇輕輕開合，輕聲道：「是我。」

在她的耳邊，一道細細小小的聲音斷斷續續，難掩激動：『遊姐！妳終於聯絡我了嗚嗚嗚，妳不知道我遇到多可怕的事情……』

張遊黑框眼鏡下的眉心一皺：「怎麼了？」

『嗚，剛剛那張數學卷太難了！太變態了！』

張遊：「……」

『哦對了不說這個，其他人怎麼樣？』通訊另一邊，郭果想起正事，連忙吸吸鼻子小聲問。

張遊聲音一頓，後面的人群擠了她一下，她不喜歡和陌生人距離這麼近。然而腳步剛加快，四周人流速度也隨之加快。

「還沒聯絡上。」

幾乎是裹挾著她，向大門外推去。

時間有限，張遊只能快速道：「我現在無法離開這裡，只要離開校門，就會自動傳送到下一個科目考試的考場。好在商城沒騙人，這副眼鏡真的能帶進副本裡面。」

郭果立刻回答：『對對對，我這裡也是一樣。所以我現在抱著根桿子，要不然就會被擠……欸欸欸，別擠我……』

張遊繼續說：「但考場內訊號遮蔽極強，眼鏡會失效。只有出來這一段路能聯絡妳們，而且沒辦法一次性聯絡所有人，只能誰上線聯絡誰。」

「所以，我們想要聯絡上，必須在考完試同一時間走出來靠近大門，如果沒有全體上線，比如晚晴不在，說明她這個時間段要麼在考試，要麼出了其他意外。」

郭果那邊兵荒馬亂一陣，重新跟上張遊的思緒：『可是，我們的考試時間都是一樣的，按理來說應該一起開始一起結束，欸不對，還不知道心訣醒了沒，要是她一直沒醒過來，是不是考試進度就和我們不一樣了？』

「這就是我要和妳說的地方。」張遊扶了扶眼鏡：「我懷疑，我們的時間流速，或者考試進度，很可能是不同的。」

郭果一怔，最先聯想到的是：『那我們要是有人先考完一科，能不能劇透給後面的人？』

「不，可行性不高。」張遊搖頭：「遊戲提示過這是考核副本，再加上背景是升學考，別忘記，升學考不允許作弊。」

更何況，她也不相信這個副本僅僅是升學考而已，考核副本哪裡會這麼簡單？

郭果蔫了兩秒，馬上重振旗鼓：『沒事，至少我們有四個人呢！晚晴和訣神都是學霸，我相信她們哪怕再考一次也沒問題！』

張遊：「……希望如此吧。」

緊接著她聽到郭果慌慌張張的聲音：『完了，遊姐，我馬上就要被擠到大門外了，妳先聯絡別人，我們只能下次再見了，綜合考試一定加油啊。』

張遊無聲點點頭，剛要開口再囑咐兩句，忽然目光一凝，抬手在鏡框上摸了一下。

從外界角度看，她只是戴了一個平平無奇的黑框眼鏡。只有張遊自己才能看見鏡面上幾行小字，最顯眼的是四個名字方框。

就在剛剛那一秒，一個本來黯淡沉寂的灰色名字，閃爍了一下，然後亮了起來。

——唐心訣。

張遊脫口而出：「心訣醒了！」

郭果：『嗯？什麼絕？……等等，訣神醒了？』

郭果頓時情緒激動還想說話，然而傳到張遊耳邊只剩下一段斷斷續續的嘈雜聲，很快徹底消失。

張遊抬起頭，校門出口距離她只剩下幾步之遙。她立刻在鏡片上點了兩下，爭分奪秒地開啟下一段聯絡。

只要一秒鐘，只要能讓對方收到就好，唐心訣肯定會明白她的意思。

當然，如果這次不行，還有下一次機會。確定唐心訣醒了，她心底的石頭已經重重落下一大塊。

她相信唐心訣在那邊一定能找到新的線索。

「咚咚咚！」

廁所門外又一次響起重重敲門聲，還有不斷增加的急促腳步聲，昭示著現在門外人的數量正在急劇增多。

唐心訣收回檢查四周的目光。這裡依舊沒有任何線索，包括來的路上，走廊內也是如此。

大體來講，現在她正處在一個無比詭異，卻又找不到問題的地方——總而言之，副本看起來真的想讓她升學考。

她拉開門走了出去，廁所外，本來只有兩名的監督人員已經在短短幾分鐘內增加到了十幾名，將狹窄的洗手間擠得水泄不通，每個人臉上都像複製貼上一樣沒有表情，唯一的目的就是督促唐心訣回去繼續答題。

唐心訣視若無睹穿過他們，泰然自若地洗了手，然後往回走。

這次彷彿為了防備她一般，走廊裡每一扇教室大門緊閉。門外站著一名老師，靜靜盯著她走過去。

除了腳步聲，走廊裡安靜得聽不到半點聲音。走到三〇七教室門口時，唐心訣突然對監考員笑了笑：「老師，我們這層樓的考場紀律這麼好嗎？」

沒人提問，沒人上廁所，沒人露出一丁點除了答題外的情緒，甚至連咳嗽聲都沒有。

在這裡，整齊劃一甚至千人一面的似乎不僅僅是監考者。

老師審視她兩秒，沒看出她要做什麼，冷冷說：「這是升學考。」

唐心訣聳聳肩回到座位，直到鐘聲響起數學考試宣告結束，她才慢慢起身。跟在人群後面走出教室。

如果她沒猜錯，這次在校門口等待她的，就是下一科英語考試傳送了。

「同學，打擾一下。」

在走廊轉角的樓梯交匯處，她突然伸手搭住一個路過女生的肩膀，借著和對方說話的功夫放慢腳步。

「有事嗎？」被叫住的女生有一頭挑染短髮，從造型到語氣都透著張揚的氣勢，某種程度上比唐心訣在人群裡還顯眼。

唐心訣露出微笑：「打擾一下，有興趣討論一下剛剛倒數第二道題的答案嗎？」

女生臉色大變：「我不對答案！」

唐心訣話鋒一轉：「開玩笑的，妳的頭髮很好看，想問一下在哪裡染的，是城西理髮店嗎？」

女生這才臉色稍緩，然而還是搖搖頭，含糊說了句想不起來了，轉頭消失在人群裡。

唐心訣眼睛眨也沒眨，自然而然收回手繼續打量四周，沒過幾秒又攔下一個人，這次是一名看起來畏畏縮縮，縮頭弓背的男生。

她這次說：「同學，你後面有東西掉了，是你的准考證嗎？」

男生脖子縮得更厲害，囁嚅著連連擺手，連頭都沒回一下，就像個蝦米一樣急匆匆鑽進人流裡，很快消失在唐心訣視野。

「……這樣啊。」唐心訣目光微動，尋找下一個目標。

接下來，她相繼攔下了十餘名不同打扮的學生。

但無論選擇什麼話題，是形單影隻還是成群結隊，哪怕看起來再健談的學生，交流過程也絕不會超過兩句話，就會飛快溜走，消失得比水面上的泡泡還乾淨。

「第十五個。」

臨近校門，唐心訣終於收手，對門口虎視眈眈的保全微笑致意。

在她視線盡頭，無數人頭熙熙攘攘湧出門外，變成背景上模糊的墨點。而當她轉過身逆著人群看向他們，一排排木然的表情如同粗製濫造的複製品，也和放大的背景板沒什麼差別。

第一次離開考場時她注意到，其中仍有少許學生保留了個人特質，看起來比NPC更像一個「人」。儘管他們數量稀少分散，看起來就像是為了合理性隨機美化的結果。

當副本環境、規則和設置都找不出線索時，數量龐大且最容易被忽視的NPC裡面，反而可能藏著有意思的東西。

一次次交談中，看到這些學生只能給出符合外貌設定的基礎反應，一次比一次更快的「強制下線」，唐心訣反而微笑起來。

找到了。

「三十七號考場，三樓右轉三〇七教室。」

中年女老師掃了准考證一眼，幫唐心訣指路。

第二次被強制傳送回這裡，第三次在一模一樣的地方見面，女老師卻變成了唐心訣從沒見過的模樣，還頗為和善地問：「還有什麼需要幫助的嗎？」

唐心訣也十分禮貌：「沒有了，謝謝。」

「沒關係，快去考試吧。」

中年女老師也抿嘴笑起來，室內外充滿了和睦的空氣。

直到唐心訣踏上樓，這份和諧空氣猛地僵住，氣溫瞬間降落：「同學，妳的考場在三樓。」

已經踏上二樓走廊的唐心訣若無其事回頭：「這裡不是三樓嗎？哦，不好意思，我走錯了。」

二十秒後，唐心訣再次回頭：「嗯？這裡是四樓？對不起，太緊張了沒仔細看。」

話音未落，她坦然轉身離開，被一道尖銳嗓音喊住：「那是上樓的方向！」

唐心訣搖搖頭：「我可能傻了，我在三〇幾？」

「叮鈴鈴——」

考試開始的鐘聲中，監考員臉比炭還黑：「三〇七，不能再走錯了！」

樓梯上已經走來數名監管者，這個女生接下來如果還走不對方向，就會直接將其「保送」到考場裡。

唐心訣十分配合地向下走，就在邁下四樓的剎那，一道極其細微的聲響在耳邊一閃而過。

那是某種重物倒下的聲音，從斜上方極遠處遙遙傳過來，被空氣和樓層阻斷得幾不可聞，卻令唐心訣瞬間抬起頭，眸光鋒銳明亮。

「老師。」她望著上一樓輕輕開口：「我們這棟大樓總共有幾層？」

「妳問這個幹什麼？這裡是升學考，妳只需要考試！」

距離最近的是個肥胖的男監考員，他臉上戾氣橫生，唐心訣毫不懷疑如果不是為了維持副本設定，他會齜牙咧嘴直接撲上來。

唐心訣不急不惱：「不方便嗎？沒關係，那我到時候問問同學。」

監考員沉默兩秒：「隨妳便，快走。」

氣氛陰沉地下了一層樓，唐心訣又毫無徵兆開口：「老師，我們這棟大樓總共有幾層？」

監考員：？

剛剛不是回答過妳？

唐心訣臉上毫無異色：「抱歉，我從小智商就低，而且是長期性健忘間歇性失憶症候群，有時會一句話問好幾遍，希望你們別介意。」

監考員：「……」

兩秒後，唐心訣：「老師，我們這棟大樓——」

「五層！」

男監考員終於忍無可忍，面目扭曲地盯著她，本就凸起的眼球彷彿要彈到唐心訣身上。

「謝謝。」

唐心訣乾脆俐落進入教室反手關門，將磨牙和嘶吼聲全部擋在外面。

「對了老師，外面有個監考老師情緒好像有點激動，我怕他聲音太大影響大家答題。」唐心訣對屋內的兩位老師點下頭：「希望能解決一下，辛苦了。」

室內外澈底安靜後，唐心訣和其他學生一樣全心全意答起題來。至少從外表上看，還真有幾分考生的風範。

然而這樣的安靜又在五分鐘後被無情打破。

「老師，上廁所。」唐心訣舉起手。

兩名監考老師滿臉不情願，腳被釘在原地般一動不動，像想透過瞪唐心訣讓她收回主意。

唐心訣不為所動：「考試規定裡，沒有不允許學生上廁所吧？」

再難的副本，也要遵從平衡原則。如果NPC用考試規則嚴格限制她的行動，那麼同樣，她也可以用這些規則來要求對方。

只要不出意外，對方必須遵守。

果不其然，NPC最後還是不情不願帶她去了廁所。只是派了更多更密集的監視人員，浩浩蕩蕩的拆遷大隊一樣守在外面。

然而等到這名被監管的學生再次施施然出來，「拆遷大隊」傻眼了。

唐心訣神情遺憾：「洗手間的門都是壞的，我不能用。」

監考員：？

他們立刻進去檢查，只見每個隔間門的把手和鎖都變成了奇怪形狀，無一倖免。

「妳——」監考員還沒組織好語言，就被唐心訣打斷：「我有健忘症，想不起來剛剛發生什麼了，考試時間不容耽誤，我看這些事以後再說，先去其他樓層看看。」

漫長沉默中，唐心訣加重語氣：「老師，我們應該不會因為這點小事，耽誤考試吧？」

沒過多久，一行人踏入四樓。

監考員特地進洗手間檢查一遍，出來冷冰冰警告她：「一切完好。」

唐心訣只是笑笑：「天有不測風雲，誰知道呢。」

一分鐘後，現實向他們展示了什麼叫做「天有不測風雲」。

看著再次全部壞掉的洗手間設施，監考員僵硬的面部迸出一絲瀕臨崩裂的表情，咬牙切齒：「妳破壞設施！」

「第一，這是學校設施，品質問題應該由學校解釋。」

「第二，指控要有證據。」唐心訣攤開手，冷靜地敘述：「我只是一個脆弱的考生，因為做不出題目且洗手間故障而痛苦不堪。你們可以在考試結束檢舉我，但如果現在找不到適合的洗手間，我覺得只能因為這件小事放棄考試了。」

監考員似乎很難在短時間內捋清邏輯，集體沉默片刻，直接放棄爭論跳到下一指令：

「去五樓。」

「如果都不可以，必須回去考試。」他再次威脅：「否則後果十分嚴重！」

「沒問題。你們放心，我最喜歡考試了，無論發生什麼都阻止不了我對考試的嚮往，考試就是我的生命之光。」

唐心訣一口應下，信誓旦旦。

「我恨考試，考試就是我的痛苦之源。如果上天能給我一次重來機會，我希望可以跳過考試，如果非要加期限，我希望是一萬年。」

郭果頹廢地倒在椅背上，感覺自己整個人被榨乾了。

她悟了，世界上最恐怖的懲罰不是被關在宿舍裡和鬼怪搏鬥，而是無間隔連續考完全部升學考科目，考到大腦昏昏沉沉暈到想吐，還沒有任何休息時間！

嘔。

郭果捂住肚子，雖然沒有饑餓感，但有點想吐。

不知道是因為用腦過度還是太過緊張，她本想苟到考試結束離開副本與室友會合，但嘔吐衝動卻越來越強。郭果憋得臉又白又紅，終於忍不住舉手向監考員示意。

「老師，我有點想吐……」

「想吐？」

監考員板著臉的模樣十分嚇人，考試時郭果連抬頭都不怎麼敢。現在看到兩個鐵板似的監考員移動過來，她下意識繃緊身體雙拳緊握，儘量乖巧地問：「請問我可以去洗手間嗎？」

郭果不知道是不是自己的錯覺，在聽到「洗手間」三個字時，監考員們的臉好像同時抽搐了一下，轉眼又恢復正常，異口同聲冷漠道：「不可以。」

……這麼嚴格嗎？

郭果眼淚汪汪：「那能不能給我一個嘔吐袋，我現在真的很不舒服，嘔。」

對面猶豫一下，打開了考場門，旋即門外走進來好幾名身著制服臉色嚴肅的監考者，氣勢洶洶直奔郭果而來。

郭果：？

怎麼回事，這就突然開始獵殺時刻了嗎？她憋著不吐堅持到考試結束也是可以的！

來到面前的監考者卻沒有攻擊，而是快速拿出一卷袋子放到郭果桌子上，言簡意賅：「門口。」

——原來是送嘔吐袋的。

郭果連忙接過袋子，謹慎小心跑到考場門外，在一眾監考官的注視下打開嘔吐袋，埋頭——

剛剛那麼一嚇，吐不出來了。

十萬隻羊駝背著流淚貓貓頭在腦海內踩踏而過，郭果深呼吸兩下，默默抬頭：「那個，老師，我現在沒那麼迫切了，等等再用可以嗎？」

監考官目光懷疑：「現在。」

郭果：「……行，那我再努努力。」

她又默默垂下頭，試圖醞釀氣息。

「啪！」

身後突然出現的清脆響聲嚇得她一個激靈，猛地前竄回頭：「誰？」

然而身後一個人影都沒有，反倒是相鄰的五〇八教室走出兩名監考員，一言不發走過來，在郭果眼皮底下撿起一個透明考試袋。

「其他同學的准考證。」隔壁監考老師面無表情解釋：「掉在這裡的。」

郭果：「剛剛掉在這裡的？」

她環顧四周，一個巨大的問號在心中升起：「可是，我怎麼沒看到人？」

那位同學人呢？

監考老師不怎麼願意回答的模樣，只扔下一句：「他已經進入考場考試了。」

郭果：「哦……嗯？」

從這裡到隔壁教室至少也有八九公尺的距離，而從她聽到考試袋落地聲響到回頭，最多不會超過一秒。

所以，那位不知名同學在掉落考試袋的一秒內，以迅雷不及掩耳之速衝刺進隔壁五〇八，並把這件事告訴了監考員？

郭果雖然不覺得自己聰明，可這一刻她仍然感覺自己的智商受到鄙視。

更重要的是，在意識到監考員在胡說八道後，一個猜測突然從她心底湧了出來。

這個憑空出現的考試袋，會不會是六〇六另外三個人的？

抓住這個線索，是不是有可能找到心訣她們？

眼見監考員轉身要離開，郭果連忙大喊一聲攔下他們，鼓起勇氣提出要求：「能讓我看這個袋子一眼嗎？」

迎著好幾道注視，郭果硬著頭往下編：「我覺得，這准考證很像我的。雖然我沒看見名字，但照片和我長得很像！所以，說不定你們找錯了，這個其實是我的准考證，不信的話你們讓我看一眼。」

她渴望地望著考試袋，伸出一根手指頭：「就一眼！」

「就看一眼而已，我又沒有千里眼，看不見別人的卷子。」

走在五樓走廊上，唐心訣心態平和地勸說身旁跟隨的監考員們，不要總是一副如臨大敵的模樣。

不僅監管她的人如此，五樓走廊內所有開著的教室門，一見她過來都「砰」一聲關上，小玻璃窗內只露出監考員警惕的眼睛，隨著她的位置緩緩轉動。

「咦，這麼戒備嗎？」

唐心訣反而揚起笑意，非常自來熟地一一打招呼過去，也不在意對方警告的態度，把一小段走廊走得像旅遊閒逛。

監考員再三催促，她捂住嘴咳嗽兩聲，面露虛弱：「這幾年身體一直不好，走得慢一些請見諒。」

坦然得彷彿之前趁監考員一不注意就上四樓的人不是她一樣。

對方這次長了經驗，無論她說什麼都不回答，垮著一張臉死氣沉沉包圍四周，不讓她有任何做手腳的可能性。

但透過他們之間的縫隙，唐心訣敏銳的目光還是掃過走廊每一個角落，越靠近印象中聲音傳來的方向，她的步伐就越慢。

如果她沒猜錯，應該就是這附近，或許……

唐心訣腳步突然一頓，視線鎖定在一扇教室門上。

幾道嶄新的抓痕，留在門框邊緣。

視線上移，教室門牌進入眼簾。

五〇八。

身後監考員見她不動彈，立刻過來推了她一把，然而平時紋絲不動的女生這次直接柔弱倒地，捂住嘴咳得驚天動地。

監考員：「……」

第二章　監考老師

在監考員有限的大腦記憶，從沒出現過假車禍這一詞。他們驚悚地看著倒地不起的女生，一時竟沒有人動彈，無法決定是強制執行還是等待唐心訣恢復。

眾目睽睽下，女生咳嗽了半晌才稍有停止的意思，一邊咳一邊斷斷續續道：「我對花粉過敏，這個班級全是花的味道，太刺鼻了希望你們清理掉，咳咳咳……」

監考員一言不發，唐心訣也絲毫不急，頂著一眾駭人的目光繼續咳嗽。

試探到現在，她已經摸索出了規律。

監考官就像一個自動維持系統運轉的程式，只要事態不離譜到大肆破壞考試的程度，他們就會自我升級修復，直到把事情解決為止。

約十秒後，人群向兩邊默默分開，一名長相溫柔和藹的女老師走了進來，親切地向唐心訣伸出手：「同學，有什麼可以幫助妳的嗎？」

來了，監考官N＋1版本。

唐心訣沒有伸手，虛弱但執著地將訴求重複了一次。女老師臉上溫和的笑容絲毫未變：「我們之後會進行處理，先把妳送回考場好嗎？」

一邊說著，她一邊溫柔扶住唐心訣的手臂，將人向上拉起。

「唔吧。」

女老師動作一僵，臉上閃過一絲不可思議。

唐心訣輕輕嘆一口氣：「老師，妳把我拉脫臼了。」

「……」

「不過沒關係，脫臼的是左手。」唐心訣揚起堅強的笑：「右手一樣可以考試。」

短暫寂靜後，女老師笑容僵硬地轉移話題：「妳說哪個考場有花粉？這可是影響考試的重大情況，我們要好好調查。」

說完，緊閉許久的五〇八教室門發出「吱啦」一聲，自動打開。

透過縫隙，唐心訣向內望去。只見教室裡安靜整齊筆聲沙沙，學生們姿勢大同小異埋頭做題。乍一看，和其他考場沒有差別。

不。唐心訣瞇了瞇眼睛。

還是有差別的。

視線盡頭，一個乾瘦的男老師慌慌張張從教室後方走過來。看見一眾監考者後連忙將門澈底拉開，小聲彙報：「五〇八考場一切正常！」

其他監考員：「有考生檢舉這裡有花粉導致她過敏。」

男老師：？

他奇怪地左右看看，又看了寫題目的學生們一眼，回頭確認：「這裡沒有花粉。」

「沒有其他讓人過敏的物質嗎？」

「沒有。」

——有鼻子的都能聞出來沒有花粉味。

唐心訣挑挑眉，內心毫無波瀾。

畢竟這裡不是現實世界。理論上來說，這些副本生成的考場教室不僅沒有花粉味，甚至沒有任何人類的氣味雜音等干擾，堪稱絕對完美的考試環境，任何指控都是無理取鬧。

但她是來講道理的嗎？

男監考員話音剛落，就聽到一個女聲清晰地插進來：「你確定嗎？」

他這才看見被圍在人群中間，不知道為什麼坐在地上的年輕少女。此刻正抱臂仰頭一臉嚴肅，擲地有聲道：「我的鼻子不可能聞錯，你是在懷疑我的嗅覺嗎？」

「這位老師，我反而懷疑是你的嗅覺有問題。」唐心訣義正辭嚴：「我需要和另外一位監考老師溝通一下。」

男監考員一噎：「嗅、嗅覺？」

監考竟然還需要嗅覺？

他確實沒辦法回答唐心訣，甚至場上有一個算一個，從表情上看像是第一次知道還有這種功能。

……沒關係，他們可以進化。

冷靜下來後，女老師溫溫柔柔下達指令：「讓另一個監考過來，我們在五分鐘內解決問題，五分鐘後為這名同學單獨抽調房間考試。」

唐心訣明白，這是副本目前的最高容忍限度。

然而男監考員微微一愣，卻沒有第一時間接收命令，嘴唇翕動兩下，沒發出聲音。

女老師皺眉：「你好？聽到了嗎？」

唐心訣嘴角揚起一抹細微弧度。

每個考場，正常情況下都應該配至少兩個監考老師，不可能出現其中一名無緣無故缺席的情況。

除非……這個考場也發生了意外！

隨著男監考員身上出現肉眼可見的慌張和侷促，唐心訣冷不防開口：「老師，如果我剛剛沒看錯，這間教室裡好像有一個空缺的位子。」

她笑了笑：「那名同學，該不會也和我一樣是花粉過敏吧？」

空缺的監考員、空缺的考生。

現在不用唐心訣說，他們也意識到真正的問題出在哪了。

男監考眼珠亂轉，終於囁嚅著承認：「那是個意外，我們本想自行處理，只是目前還沒有恢復正常。」

唐心訣不給他反應時間：「人在哪裡？」

監考猝不及防被問，下意識回答：「消失了。另一個去找他，然後也失……」

「行了！」

女老師打斷他，因嘴角向兩邊扯得太大，導致臉上一成不變的溫柔表情詭異起來：

「我們已經知道情況，你可以休息了。」

話音落下，男監考腦袋無力地向下一垂，身體小幅度痙攣抖動。須臾抖動停止，

「他」再緩緩抬起頭，已經變成了一名相貌截然不同的中年男子。

「監考開始。」他聲音沙啞，一板一眼回答。

注視著這一幕，唐心訣若有所思地看了女老師一眼。

是副本的力量，還是監考者本身的能力？

幾乎同時，人群中走出一名監考員。新舊兩人並列對視一眼，同步走進了五〇八考場。

「砰」一聲，五〇八考場大門重新關合，掩蓋裡面一切事物。

「妳該去考試了。放心，等考試結束，妳的一切問題都會被醫治好的。」

女老師低頭看向唐心訣，監考員人群抬出一具擔架，彰顯出無論如何也要考完試的核心原則。

「何必這麼麻煩，考試這麼重要，我當然要好好考完。」

唐心訣微笑起來，十分配合地起身跟在他們後面，對脫臼的左手臂毫不在意，清瘦挺拔的身體彷彿感覺不到疼痛。

走之前，她回頭看了一眼，目光落在五〇八門口。

教室門嶄新得如同剛安裝好，上面的抓痕澈底消失不見。

……一閃即逝的線索，千方百計也找不到的破局點，必須強制走完的考試流程。

好像一切都指向一個不太妙的方向。

這個副本，可能比她預計的還要難纏。

拿到考試袋，郭果立刻睜圓了眼睛，甚至還有點受寵若驚。

她本來沒抱什麼希望，沒想到朝監考員一頓胡言亂語竟然有用？

畢竟平常六〇六裡只有唐心訣喜歡對NPC雁過拔毛，她們光靠著薅鬼怪羊毛已經賺得盆滿缽滿，頗有點不思進取的意思，從沒試圖把這門缺德技術推廣實踐過。

這還是郭果第一次硬著頭皮上，沒承想竟真的讓她瞎貓碰上了死耗子。她心臟蹦蹦跳地打開考試袋，以生怕監考老師反悔的速度抽出了裡面的准考證。

然而瞄到准考證大頭照，郭果的心涼了半截。

這個大頭照，分明是個短髮女生！可六〇六裡除了她，其他三人全都是長頭髮。

再定睛一看，果真是一張完全不認識的陌生面孔。視線向下掃，姓名一欄只有一個蔡字，剩下的地方像被膠水塗住了，看不清楚。

「蔡什麼？」她下意識念出聲，手裡的准考證瞬間被抽走，「欸等等！」

「這不是妳的准考證。」

監考員板著臉，嚴肅時十分凶神惡煞。

郭果掂量了一下自己此刻回到普通人的實力，又瞄了監考員的數量和粗壯的手臂一眼，立刻怕了：「我，我知道了。」

五〇八考場的門重重關上，郭果連伸頭看一眼都沒來得及，只能惆悵長嘆，認命地回到考場繼續答題。

還有半小時，半小時……

她在心裡默念。

等最後一科結束，她就解放了！

也許是因為期盼之情過於強烈，有一瞬間她竟真的有種重回升學考的錯覺，像兩個時空的苦命人在這一刻重疊在一起，只有焦急的心情一模一樣。

唉，也不知道張遊、晚晴和訣神她們現在在哪裡，是不是一樣同病相憐。郭果望著鐘錶的倒數計時，淒涼地想。

倒數五分鐘。

張遊第三次檢查完卷子，終於摘下眼鏡揉了揉眉心，然後屏息等待鈴聲響起。

四場考試的時間說長不長說短不短，可受到副本規則嚴格限制，她幾乎沒找到什麼有用資訊，又很難聯絡上其他室友，無奈之下只能認認真真重新考了一遍升學考。

可惜內容都忘得差不多了，如果是心訣和晚晴，說不定能考出不錯的成績。

時間一分一秒流逝，張遊輕輕敲擊著准考證，指尖落在「二〇一九」一行字上的速度越來越快，腦海中的思緒走個不停。

考試結束後，她要面對的會是什麼呢？

最後一分鐘！

氣氛沉悶的教室內，最顯眼的亮點無疑集中在第一排正中央，一位正在奮筆疾書的長髮女孩身上。

一頭濃密的黑長直垂散在她臉頰兩側，精緻出色的五官如果不張嘴說話，可以說是十足的大美女。

「可惡，怎麼沒時間了？」

鄭晚晴突然重重捶在桌子上，呲牙嘖了一聲，然後馬上加快速度繼續寫。

「……」

四周考生若有似無地離她遠了一點。

原來不是教室裡空氣悶，而是坐在她身邊被捲得氣流都不通暢了呀。

「叮鈴鈴——」

卡著鐘聲響起前的最後一秒停下筆，鄭晚晴才不情不願地鳴金收兵，看著試卷感覺哪裡都不滿意。

不說別的，要不是進副本太突然沒找到狀態，她的考試結果絕對會比現在要好得多。

而且出題人怎麼想的？題目水準極其落後且不平衡，別讓她知道是誰。

越想越氣，比大學競賽沒拿到第一還氣。她拿起筆在准考證上噸噸噸敲了幾下，還在

「二〇一八年全國……」幾個字上畫了隻豬。

考試結束，考場開始清人。考生們帶著解放的微笑湧向大門，中間捲著意猶未盡的鄭晚晴。

「算了，回去再和心訣對對答案……」

鄭晚晴搖搖頭，嘀咕著邁出大門。

下一秒，她咽下了沒說完的話，收縮的瞳孔緩緩倒映出眼前景象。

這是——

「這是校門口呀，同學！」

唐心訣面前，一位大媽熱情地為她解答問題：「我看妳拿著准考證，也是考生吧？馬上要考試啦，快點進去吧！」

大媽手指著她的准考證，「二〇一七年普通高等學校招生統一考試」在上面格外刺眼。

「我知道了，謝謝阿姨。」

唐心訣乖巧地點點頭，腳步卻毫不猶豫轉了個方向，逆著人群和校門向外面走去。

她猜的果然沒錯。

四場考試結束，並不是副本的終點，而是另一場輪迴的起點。

——很不巧，這是一個輪迴副本。

——更不巧的是，這場輪迴的名字，叫升學考。

為什麼關鍵線索的蛛絲馬跡那麼難找？

為什麼副本規則難以逾越？

為什麼始終無法與室友聯絡？

如果這是一場輪迴副本，那麼一切都有了答案。

對於正常升學考來說，四場考試就是全部。但若她們要經歷的考試不只一次呢？

那麼現在，副本才正要露出獠牙。

唐心訣面色如常快步向前，對身後大媽的呼喊聲置若罔聞。

只要進了校門，接下來就會陷入不停傳送考試的輪迴，再也沒有出來的機會。

第一次傳送後她就意識到，唯一能在校門外活動的機會，只有回到一切開始之前，她還沒進校門時。

就是這一刻！

穿過人群，一處丁字路口連接著三條筆直的街道出現在眼前。

鱗次櫛比的房屋坐落在道路兩側，隔著並不遠的距離能看到矗立在中間的路牌。

通向左側街道的牌上標著「美食城」，路上的招牌五顏六色：美味湯屋、公路咖啡總店、糖果娃娃機、天堂漢堡、地獄食堂……

右側街道則是「商業街」，裡面的建築外表更樸實：大學兼職仲介所、張老頭修理鋪、環城旅社、平價手機商店……

最中央通向前方的街道卻冷冷清清，路兩旁什麼都沒有，只有路牌標示著：「夜市一條街」。

而三條街的共同點，就是道路上一個人影都沒有，與密集的商鋪對比起來，違和感十分濃重。

校門口這邊更不用說，身後熙熙攘攘的人群和眼前的街道涇渭分明，彷若被分割成兩個世界。而另一個世界距離她不過幾十公尺。

一眼掃過將所有資訊記在心底，唐心訣腳步不停。

無數道注視的目光有如實質，呼喊聲越來越多越來越大，最後像漲潮的巨浪一樣紛湧而來，聲嘶力竭地想把她淹沒。

就在人群追上來即將抓住她時，唐心訣忽然停下腳步，望著眼前的街道笑了下：

「啊，忘記還要考試了。」

然後她自然而然地轉身，走向校門。

人群：「……」

再次踏入大門，身後的動靜像按下靜止鍵，只剩下安靜的考場環境。

一切都與她剛進入副本時一模一樣。

唐心訣輕車熟路走進去，沒有半點猶豫。

她還沒有天真到覺得自己真的能順利進入那幾條街道，或者進入之後還能安全出來。

更何況有一些商鋪和建築的元素，看起來實在是太眼熟了。

眼熟到在看到它們的瞬間，她就明白了這些街道屬於哪裡。

這還要多虧這次輪迴，否則她或許永遠也不會發現這一點——

這個副本所在之地，竟然就是傳說中的大學城。

不，說是「所在之地」也不準確。唐心訣回憶方才納入眼中的種種景象，意識到另一點：這裡既在大學城內，同時也是被單獨開闢出的副本空間，內外很可能並不相通。

然而不知出於何種原因，這個副本連邊界線十分敷衍，甚至可以說是根本沒弄。故而在這塊「半成品」的邊緣處，她可以清晰看見外面，大學城內部的景象。

……這麼低級的漏洞並不像遊戲副本的風格，也許是有意為之？

「同學，有什麼需要幫助的嗎？」

邁入一樓大廳，迎面走來的熟悉面孔露出親切的微笑。

唐心訣舉起左手擺了擺，回以靦腆的笑意：「不用了，謝謝老師。」

左臂靈活地抬起又放下，沒有半點不適感。

的確如那名等級最高的女監考員所說，在考試結束後，她的手臂就會被「治癒」。

比起治癒，她更願意將這理解為狀態「更新」。每一次輪迴更新，考生都會像第一次一樣，以最飽滿健康的狀態迎接考試。

只不過……唐心訣微微垂眸。

除了恢復健康以外，她的狀態還發生了一點變化。

——噠。

監考員也打不斷的思緒，在唐心訣的聽覺捕捉到一絲輕響後立即截斷，注意力飛速集中起來，面朝聲音響起的方向。

——噠噠噠。

依舊是五樓。只是這次的聲響不再是重物被推翻，而是玻璃珠一顆顆滾落在地面上，一顆又一顆。

唐心訣慢慢走過樓梯轉角，仔細地低頭傾聽。

直到最後一顆珠子的滾動聲結束，共有十三顆。

然後聲音消失，就像從沒出現過一樣，沒留下半點痕跡。

「同學，妳的考場在這邊。」

三樓已經守著幾名監考員，不由分說取走唐心訣的考試袋，悄無聲息擋住樓梯口。

唐心訣挑了下眉，這次沒和他們對著幹，也沒多看一眼。

因為現在她即便不再觀察，也能感覺到監考員的數量、動作，乃至位置分布——在她的精神力恢復了十分之一的情況下。

不動聲色地落座，唐心訣一邊注視著監考員的一舉一動，一邊靜靜調動精神力。

五分鐘後她終於確認，監考員察覺不到她的精神力，就算她將這部分額外「視野」覆蓋在其他人的考卷上，監考者也沒有任何反應。

果然，考試不是這個副本的真實目的。

若是真的只需要考試，那她就不會在第二次輪迴到來時恢復一部分異能了。因為哪怕一丁點特殊能力，都會破壞考試的公平，讓考試失去意義。

那麼副本的目的，究竟是什麼呢？

她抬起眼看向天花板，兩層樓上就是五〇八考場。如果她的精神力恢復到三成，就可以穿透這兩層樓描摹出那間教室的景象；如果恢復到五成，她將對五〇八教室內發生的所有事瞭若指掌。

可她目前還未找到自主恢復異能的方法，狀態僅比普通人好上一些而已。

——現在還不到搞事的時候。

搖了搖頭，她內斂地放下筆，舉起手對前面說：「老師，我想上廁所。」

既然資訊不足，那就主動找方法把它補全好了。

在考場負責人第十一次拒絕未遂後，唐心訣再次見到那名笑容和藹的女監考官。

「很抱歉唐同學，我們不得不告訴妳一個悲傷的消息。本教學大樓內所有廁所都正在維修中，所以只能麻煩妳忍耐了。」

女老師一如既往的溫溫柔柔，卻不容置疑地否決了唐心訣的要求。

被駁回的少女絲毫不見沮喪，一副很好說話的模樣：「沒關係，考試時考場廁所維修是再正常不過的事了，完全可以理解。等等我身體有其他不適再來找你們好啦。」

女老師微笑著點點頭：「同學能理解就好，廁所被考生惡意毀壞也是經常發生的事情，我們會努力抓住並懲罰始作俑者，讓這意外以後不再發生。」

唐心訣面露震驚：「全部損壞？這也太不幸了！真是辛苦你們了。作為一個普通學生我沒什麼能幫忙的，只能祝大家早點習慣吧。這樣，等等我身體不舒服的時間儘量向後拖五分鐘，多留點休息時間給你們。」

其他監考員：「……」

其他考生：「……」

這是他們能聽的對話嗎？

這是陽間人能說出來的話嗎？

一段陰陽會談結束，女監考官還是率先破防。語氣僵硬地將唐心訣請回屋內，轉頭就把一整層的監考人員全部換了一遍。

「無論發生什麼，都必須保證好考場秩序，絕不能讓五樓的事情再次發生。」

背對著緊緊關閉的三〇七考場門，女人溫柔和藹的臉上透出詭異的青色。

她的聲音是與外貌人設不符的沙啞，在唐心訣記憶中永遠保持著同一角度的嘴角此時一不小心向上裂開，露出腮下密密麻麻的血管狀口器。

那口器沙啞說道：「從現在開始，如有必要，可以使用強制手段。」

「可以使用強制手段？」

唐心訣在心中重複這句話一遍，嘴角輕輕向上揚起。

顯而易見，隨著第二次輪迴到來，一些變化不僅降落在考生身上。

副本規則平衡為先，天秤兩端同增同減。當考生恢復了部分異能，不再是普通人，就必須面對副本的危險。

唐心訣眸光專注地塗抹答案卡，彷彿對外界發生之事一無所知。

與此同時，精神力卻像一張纖薄透明的網，將考場門外發生的景象盡數網入腦海。

上一次「升學考」中全程恪守規則，不對考生展現任何攻擊性的NPC終於褪去和平的外表，露出一絲獠牙。

這份危險性的外泄只持續了短短十幾秒，他們像錯覺般恢復了正常，以老師模樣繼續監考。

「吱呀——」

三〇七考場的兩名監考員重新推門走入，一如往常地掃了室內一眼，然後面無表情轉頭……等等？

兩人突然臉色大變，兩顆頭同時嘎嘣一聲用力轉過來，凸起的眼球死死盯著最後排的位子。

本來應該坐著唐心訣的位子上，此刻空空如也！

怎麼會這樣？

兩個監考員立刻拔足向空座位上趕過去，臉上滿是不敢置信。

他們僅僅離開了一兩分鐘而已，而且明明全程站在門外，唐心訣怎麼做到從他們眼皮底下溜出去的？

空氣裡依舊寂靜無聲，但兩人的眼球同時以非人的速度瘋狂轉動起來，就像是以某種獨特方式在傳送資訊一樣。

等到眼球停止轉動，兩人趕到唐心訣座位前，還沒來得及仔細檢查，就聽見一道疑惑聲音：「老師，你們在幹嘛？」

唐心訣正好好坐在自己位子上，手裡還握著塗卡筆。蒼白素淨的臉仰起頭，一派茫然地看著他們。

監考員：？

說時遲那時快，考場門被轟然推開，一群監考者如臨大敵衝進來，將唐心訣的位子團團圍住。

唐心訣挑眉：「幹什麼？反恐嗎？」

人群散開，女監考從裡面走出，神色難辨地打量半晌唐心訣，又看向三〇七的監考：「這就是你們說的，人失蹤了？」

監考員：「呃，可是……剛剛我們的確發現，這……」

「失蹤了？誰？」唐心訣吃驚道：「不會在說我吧？」

她舉起一隻手發誓：「監視器可以作證，我一直在這裡好好答題，連頭都沒抬起來過。」

監考員張了張嘴沒說上話，就聽少女略微沉吟道：「如果非要說有什麼東西失蹤了，有沒有可能是老師的腦子？」

「……」

「行了，不要影響大家考試。」女監考懶得一直掛著虛偽的笑臉，直接吐出兩道命令，把無從解釋的監考員換了內核。

率眾離開之時，她卻被唐心訣叫住：「老師，我覺得這邊的監考老師有些神經敏感，下次有問題可以直接叫妳嗎？」

女監考慢慢回頭，扯開一道很長的笑：「好呀。我姓綠，平時在三樓大廳，妳需要時叫我的名字就好。」

「好的。綠老師。」唐心訣乖巧點頭。

教室恢復靜謐。新上任的兩名監考這次連樣子都不裝了，沉默寡言地守在唐心訣桌子旁。

待到目送綠老師離開，他們齊刷刷轉頭盯著唐心訣——

——人呢？

看著空無一人的座位，兩人對視一眼，驚愕之色溢於言表。

這甚至不是一兩分鐘的空檔——就在一秒鐘之前，女生分明好端端坐在這裡！

這麼大一個活人，怎麼能一眨眼就消失了？

如果他們能流汗，現在頭上必然已經冷汗涔涔。但有上一批監考的前車之鑑，他們沒有第一時間向上面彙報，而是繼續蹲守翻找。直到把座位翻了個底朝天，兩個監考終於明白：這一次，唐心訣是真的不見了。

走在空蕩蕩的五樓走廊，唐心訣撤掉了身上的精神力暗示。

第一次，這道暗欺騙三〇七的監考，讓他們誤以為自己溜走；第二次，這份暗示則用在所有人身上，讓她直接跟在撤離的監考員身後光明正大走了出來。

兩次使用下來，精神力已經快消耗一空。好在唐心訣運用嫻熟，正好在透支前完成了一連串操作。否則到了透支能力的時候，本就不低的風險又會上升好幾分。

步伐一頓，她悄無聲息停在五〇八考場門前。

那十三下彈珠聲響，唐心訣確定來自這裡。但此刻，門的另一端沒有半點聲音。

精神力沒有異常感應，擲下彈珠的人似乎已經離開了。

她垂眸聆聽須臾，直到闖入一陣急促的腳步聲，從五〇八內部快步向門口靠近時，便立即撤身。

三〇七監考應該已經確認並彙報她的消失，監考者內部有一套自己的聯絡方式，現在五〇八深處的腳步聲，十有八九就是收到命令的監考員。

唐心訣本想進其他房間隱藏或回到樓下，但在轉身的那刻，她突然心頭一動，精神力和視野同時拋向後方。

然後便在幽深黑暗的走廊盡頭，捕捉到一抹還未消失的殘影。

那是一個身形纖小的短髮女生。

女生的頭型和郭果有些相似，但髮量更厚。臉部掩在陰影中，透過精神力能隱約看到清冷的五官，一言不發靜靜看著唐心訣。

在她瘦削的肩頸下方，只有空蕩的袖口，沒有手臂。這是她身上唯一殘缺的地方。

下一瞬女生轉身走向更深處，唐心訣毫不猶豫拔足就追了上去。

「我看到了！」

「她在那裡！」

監考官急促的叫喊遙遙響起，旋即就是一片烏泱泱湧上來的腳步聲。唐心訣一概聽而不聞，注意力緊緊追在短髮女生身上。

只見女生走到走廊最末端，再也沒有任何前進空間的地方，身影一晃便消失在牆壁前，只剩下左右三面嚴絲合縫的牆。

『人在哪裡？』

『消、消失了，另一個去找她，然後也失蹤了……』

五〇八監考員說過的話在腦海浮現，下一秒唐心訣趕到了同一位置。

三面光禿牆壁近在咫尺，牆上除了斑駁的牆漆外沒留下任何痕跡。唐心訣動作卻絲毫未變，儼然有直接撞上去的趨勢——

『再快一點。』

一道幾不可聞的聲音突然出現在耳邊，唐心訣毫不猶豫加快速度，直接撞了上去！

「叮鈴鈴——」

擦著考試開始的瞬間闖進教室，郭果恍惚得差點撞到門框。捂著額頭痛清醒後，望向考場內部的小鹿眼蓄積眼淚。

最後還是在監考員沉默地扶了一把後，郭果才成功坐到座位上。一打開卷面，眼淚就啪嗒掉到了卷子上。

比升學考更恐怖的，是千辛萬苦好不容易考完，一睜眼又要重新考試。

而比重複升學考更恐怖的，是打開卷子後，發現題目和上次完全不一樣！

誰來救救她！

抽噎著答完國文卷子，郭果頭痛欲裂地癱在椅子上，奄奄一息捂住腦袋。

這種痛不是身體上的痛，而是反覆被試題折磨，一遍遍榨乾腦細胞帶來的腦內刺痛感，像有一群小人在她太陽穴裡面搞填海造陸，又像有看不見的人在一根根拔掉她的頭髮。

總而言之，痛不欲生。

但更痛苦的是，因為不確定副本目的到底是什麼，她還不敢躺平放棄考試。為了不隔空拖室友後腿，郭果只能一道道題強迫自己做完，催吐效果十分明顯。

「嗚嗚，我真的不行了……心訣！晚晴！張遊！妳們在哪啊！」

郭果抹了把眼淚，在監考員黑著臉再三催促下，才如一個腎疲力盡的中年人，扶著牆壁慢慢走出去。

「別催了，孩子腿都坐麻了。你監考我考試，我還比你可憐點，行行好讓我多休息一下吧嗚嗚嗚。」

任憑監考員凶神惡煞，她只有淒風苦雨，監考也拿她沒辦法，只能站在後面乾瞪眼。

磨蹭到門口，郭果才抹了把眼睛慢悠悠向外走，可這次沒走兩步，她又停了下來。

等等，剛才那是……

連忙轉頭，數公尺之外正倚靠著窗臺的短髮女生清晰地進入眼簾。

郭果震驚地吸吸鼻子。

如果她沒記錯，這個女生的模樣，就是她之前在那個莫名出現的考試袋裡看到的——

「蔡同學？」

等郭果意識到自己喊出聲時，不知何時已經走到短髮女生面前，女生正自顧自低著頭看著一張卷子，並沒有理會她。

嗯？卷子？

考試不允許把卷子帶出考場啊！

郭果大吃一驚，下意識順著女生的目光向下看，隨即發現這張「卷子」上除了幾行標題外，餘下部分全是空白。

而標題上的文字是：大學城第一屆高等升學考試。

「那個，蔡同學……」郭果心底的鼓莫名打得越來越快，她抬起頭，發現女生身後的窗戶是敞開的，窗外是濃濃白霧，眺望出去隱隱能看出五層樓的高度。

郭果伸出手想碰碰女生的手臂，手指卻倏地杵到了窗臺上，蔓延開一股冰涼觸感。

她瞬間睜大眼睛。

能看見、碰不到、溫度低、這不是……這不就是魂體嗎？

她什麼時候恢復陰陽眼的？

大驚失色抬起眼，郭果倒吸一口冷氣：短髮女生的臉正貼在不到五公分的距離冷冷看著她！

「我不是故意的！」

郭果火燒般縮回雙手，這才發現短髮女生的雙臂不知何時消失了，只剩下空蕩蕩校服包裹著細骨伶仃的身體，像個被風吹上來的遊魂。

然而下一秒，遊魂忽然向後一仰，過腰帶著下半身墜下窗外。

郭果：？

妳別假車禍啊！

與此同時，一股力道從窗外猛地抓住郭果，她不受控制向前一撲，在同樣位置直直栽了下去！

第三章　相遇

撞擊實體的痛感並未出現。像驟然穿過了一扇看不見的門。唐心訣眼前光線陡變，視線在新的環境裡重新聚焦，最後勾勒出一條長長的走廊。

她停下腳步，反手在身後摸到一堵牆。

來時的那條走廊不見了，與差點就追上來的監考員一起被封鎖在另一端，再也聽不到半點動靜。

不過從另一種角度來說，她也無法原路返回了。

既來之則安之。唐心訣繼續向前走，目光掃過四周，很快發現這裡與剛剛那條走廊幾乎一模一樣。

唯一的不同，是教室的方向截然相反——如果把走廊末端那堵牆看作一面鏡子，那這裡就像是鏡子裡的另一個五樓走廊，是原本五樓的鏡像版本。

走廊內安靜得落針可聞，沒有任何人與物的痕跡。唐心訣從右手邊最近一間教室開始觀察，發現大多數考場的門都緊緊鎖著。

除了唯一一扇門。

唐心訣推開這扇門，走進五〇八考場。

考場內空曠寂靜，擺放整齊的桌椅上空空如也，只有倒數第二排的靠牆位子有人：短髮女生正靜靜坐在那裡。唐心訣注意到，她沒有雙臂。

當唐心訣走到面前，短髮女生才緩緩抬起頭。她的桌子上擺著兩張紙，一張是空白的考卷，標題上印著：大學城第一次高等升學考試。

另一張則是准考證，姓名一欄只能看清一個蔡字。

「蔡同學。」唐心訣開口，「妳引我來這裡，是有什麼想告訴我的嗎？」

女生黑黢黢的眼睛裡沒什麼情緒，一言不發看了唐心訣半晌，倏忽起身向外走去。

唐心訣跟在她後面。

走出考場向右轉，是靠近樓梯口的大廳。當走近之後，樓梯口處的細節映入視線，唐心訣看見一截通向上方的樓梯。

——原本的考場大樓，五樓就是封頂的最高層，沒有向上通道。

顯然在此時這條鏡像走廊內，布局並非如此。

短髮女生腳步很快，尤其當靠近大廳以及樓梯口時，她的速度明顯更快了幾分。

唐心訣立刻意識到什麼，三步併作兩步搶上前方，抓住女生的衣角。

「勞煩了。」她禮貌地輕聲道。

女生抿住嘴角沒有說話，也沒有甩開唐心訣。當她們踏上通向更高層的那段樓梯時，女生本就輕飄飄的雙腿像卸去重力般向上飄，間接帶動了抓著對方衣服的唐心訣。

「滋滋——嘶啦——」

從踏入這條樓梯的那刻開始，本來安靜的環境陡然大變！

陰冷陣風呼嘯著拔地捲起，四周溫度低得像身處冰櫃，各式各樣不知名的異常聲響從四面八方湧來，冰寒刺骨的氣流甚至舔上了唐心訣的後脖頸。

借著女生的速度唐心訣飛快攀上樓梯，對耳邊一切聲響充耳不聞，連視線都沒向外移動一下，短短幾個瞬息就踏上了六樓的地板。

「啪。」腳步落地一聲輕響，四周動靜消失無蹤，只有被凍得僵硬發麻的四肢印證著剛剛發生的一切。

唐心訣摸了摸後頸，一手鮮紅。

——強攻擊性、高危險性、有死亡可能。

迅速得出這幾點結論，唐心訣用衣領蓋住了脖子上的傷口，冷靜地跟上短髮女生的身影。

六樓沒有寬敞的大廳和轉角，長長的實體牆擠滿視線，甚至要仔細看才能發現左右兩條空間狹窄走廊。

女生走進左側走廊，走廊裡沒有燈光，四周牆壁像是隨時都會擠壓下來。唐心訣不得不釋放出精神力來追蹤，才能緊緊跟著對方。

但饒是如此，她仍然在十餘公尺處微微一滯。

女生的蹤跡消失了。

澈底失去所有光線的走廊一片漆黑，短髮女生像是憑空消失的。精神力連空氣的波動都沒捕捉到，反倒蔓延開一絲因枯竭引發的陣痛。

唐心訣按了按太陽穴收回精神力，伸出手摸向牆壁，一步步探索附近環境。

女生把她引到這裡才消失，就說明這裡一定有東西。

「啪嗒——」

果不其然，唐心訣很快摸到一個類似把手的開關，輕輕向下一按，一扇僅供一人進出的門就被輕輕推開。

日光燈光驅散了灰暗，這是一個十坪左右的小房間。灰塵與紙張的氣息一同進入鼻腔，大大小小的塵粒在燈光附近上下浮動。

這是……資料室？

排列整齊的紅木書櫃幾乎擠滿了整個房間，唐心訣不得不側著身體才能從中穿過。

每一架書櫃上都堆積著無數檔案，大部分鎖在玻璃窗內，只有一小部分散落在外面，唐心訣拿起幾張看了一眼，上面要麼是空白、要麼是看不懂的亂碼，找不到有價值的資訊。

她抬頭看了檔案數量一眼，沉默兩秒。

按部就班的查找明顯不太現實，她索性放棄這些檔案，直接觀察書櫃的不同之處。

事實證明這決定是對的，很快她就發現，這些書櫃雖然沒有標籤，但頂部都刻著一排極小的數位，數字越大的書櫃，散落在外面的紙張就越多。

唐心訣停在一座書櫃前，這裡幾乎一半的檔案都敞開可見。玻璃窗被分成九個大小相同的方格小窗，每個小窗口的最下方貼著一行中文標籤。

「……未啟用。」

唐心訣念出了進入房間以來第一個辨認出的文字，心頭一動，目光隨即掃下去，一個接一個查看。

未啟用、未啟用、未啟用……已啟用。

最後一個方格內，「已啟用」字樣映入眼簾。

方格內堆放著一遝厚厚紙張，紙面上仍是一片亂碼，但最頂端一行標題卻十分清晰：大學城第一屆高等升學考試。

准考證。

目光一定，唐心訣打開自己口袋內折疊存放了半天的准考證，對照大小，一模一樣。

只要在「高等升學考試」前添加大學城首碼，再將書櫃內「准考證」上的亂碼替換成正常資訊和照片，兩者的格式沒有任何差別。

唐心訣毫不猶豫將這遝亂碼准考證拿出來一張張查看，翻到中間時，終於看見了一張極為特殊的存在：

考生號：二〇一九〇六〇七。

姓名：張遊。

性別：女。

准考證照片上，低低束起頭髮女生手扶著黑色眼鏡框，嚴肅冷靜地看著前方。無論臉龐還是衣服，都是唐心訣再熟悉不過的模樣。

她確認：這是張遊的准考證。

如果張遊准考證在這裡，那麼……其他人的呢？

繼續向下翻找，在二三十張後，又一張不含亂碼的准考證掉了出來。這一次，她的目光倏然一凝——

考生號：二〇一七〇六〇七。

姓名：唐心訣。

准考證上，照片裡的她靜靜看著鏡頭。

從頭到尾，與一旁已經被折得皺巴巴的舊准考證一模一樣。

「……真不錯。」

唐心訣同時捏住兩張一模一樣的准考證，如果「准考證」只能有一張，那麼這裡面必然有一張是假的。

哪一張？

端詳片刻，唐心訣捏住一直陪伴在自己身邊，檢查過無數次也毫無漏洞的舊准考證，將其嚴絲合縫貼在了另一張准考證上面，然後翻到新准考證那側，用力在照片位置向下一按。

下一瞬，准考證內側突然發出一聲細微的脫落響動。將這張掀開後，舊准考證的平滑紙面凹了一小塊下去——

這塊凹下去的部分，赫然就是她的「照片」。

而脫落的照片下方，清晰地顯露出另一抹顏色。

唐心訣眼睛都沒眨一下直接把她的照片扯下來，只見同一位置變成了另一個女生的大頭照！

這是一個長髮齊瀏海的女生，照片磨損得很嚴重，五官面貌不甚清晰。但唐心訣還是在落下的第一眼，就捕捉到一抹熟悉之處。

這張照片上的女生如果除開髮型，五官與那位「綠老師」竟十分相似。

——甚至可以說是如出一轍。

唐心訣瞇起雙眼，繼續用同樣方法在准考證的其他地方實驗。不過從照片脫落的那一刻開始，這張紙就失去了偽裝的魔力。只需要用掌心掠過，毛糙的邊緣就輕輕翹起。

然後她毫不猶豫把這些全都撕了下去，直到這張准考證完完全全露出真實模樣：

二〇一七年全國高等升學考試准考證。

考生號：亂碼。

姓名：莉娜綠。

性別：女。

戶籍地址：大學城二五〇宿舍大樓三一五寢室。

考試擔保人：王吉吉。

看著這張改頭換面的准考證，唐心訣自進入鏡面走廊以來，第一次笑了起來：「原來如此。」

——原來這段時間裡，她都在「替別人」考試啊。

更有意思的是，這個「別人」正是這場考試的監考官，一位素未謀面卻並不陌生的朋友……莉娜綠，是嗎？

將這個名字念了一遍，唐心訣重新把目光投回紙堆中繼續翻查，沒過多久又找出了鄭晚晴和郭果的准考證。

四張嶄新的准考證一字排開，共同指向一個可能性極高的情況：

如果四人的處境相同，那麼她們現在每個人手中拿著的，應該是一張「冒名頂替」的假准考證。

而真正的准考證卻被藏在了這裡，如果沒有那名特殊考生的引領，憑藉考生自己尋找幾乎難如登天，更遑論寢室四人被強行分開，還要在一次次考試輪迴後恢復力量。

或者說，無限升學考的輪迴會不會正與准考證的調換有關？

將五張關鍵線索整理好，唐心訣還沒決定接下來的行動，突然聽到一聲遙遙傳來的沉悶撞擊聲響。

……就像有什麼沉重的東西高空墜物了一樣。

沉重墜物只響起了一下，過了半晌，又隱隱傳來幾下窸窸窣窣的聲音，像是什麼東西在摸索行動。

唐心訣靜靜聽著，那聲音沒移動幾步就慢慢消失了，外面再次歸於沉寂，過了好半天都沒有再次出現響動。

從聲音類型上判斷，那很大機率是一個「人」，而且非常小心謹慎，馬上把自己藏了起來。

判斷出這點後，唐心訣反倒放鬆下來。

鬼怪不會發出這種聲音，NPC不會做出這種反應，考生的可能性反而更大——倘若這是單寢副本且運氣再好一些，那此刻在外面的人很有可能就是……郭果或者張遊！

鄭晚晴的可能性第一個排除，她來到這裡的第一個反應絕對是開始攻擊，現下外面早就該戰火紛飛了。

思緒運轉須臾，唐心訣起身走到資料室門口，忽地見到門框頂部貼著一條標誌：禁止喧嘩。

她嘴角微抿，將房間門拉開了一點，讓屋內的光線傾瀉出去。

不知道這屋子是否有進入限制，她現在不能貿然出去，但可以將人引過來。

無論是郭果的危險預感力，還是張遊的判斷力，她們都會選擇正確的方向。

果然不到片刻，唐心訣又聽到了細微的窸窣行動聲。

對方行動似乎有點不太方便，一瘸一拐還時不時停下來，像小動物一樣在黑暗裡謹慎地嗅嗅四周，但最終還是一點點朝資料室靠近，直到在門口停下，悄悄探入一顆腦袋……

然後就被門後的人伸手捂住了嘴。

「唔！」

郭果驚慌失措地用力掙扎，看到唐心訣的臉後睜大眼睛停下動作，旋即眼珠一轉不知想到了什麼，馬上又開始撲騰。

唐心訣把人直接扣在臂彎裡，然後把郭果的臉轉向門口向上一抬，讓她看清楚門框上的字。

——禁止喧嘩。

郭果這才安靜。

兩秒後，她不敢置信地緩緩轉動眼珠，看著唐心訣，開始瘋狂眨動。

唐心訣：「……」

沒學過摩斯密碼。

她放開捂嘴的手，郭果急速喘了兩口氣，結結巴巴用氣音開口：「……心訣？」

郭果伸出手掐了下唐心訣臉頰，仍舊有點不敢相信，雙手一起放上去掐出兩個湯圓。

「訣神！真的是妳！」

女生瞬間變得眼淚汪汪，因為不敢大聲說話，只能搖晃唐心訣手臂無聲吶喊：「妳終於醒了呀嗚嗚嗚！妳不知道我剛剛經歷了多恐怖的事，我從五樓掉下來……不對這個不重要……我考了好幾次考試，這個副本太可怕了！」

唐心訣耐心聽著，郭果情緒冷靜下來後挑重點講，加上手勢比劃輔助，終於講完了從唐心訣昏迷到現在這段時間發生的事情。

如她記憶裡一樣，血紅眼球被擊退後，寢室友誼聯賽宣布結束。

排名公布，六〇六毫無意外拿到了第一名。

被迫欣賞了一段五彩繽紛的慶祝煙火後，寢室像以往從副本脫離一樣恢復原狀，包括四人受的傷也隨之痊癒，唯獨唐心訣繼續昏迷，無論怎樣都無法喚醒。

好在排名公布後就是獎勵結算，幾人本來寄希望於比賽獎品和積分，打算結束後去學生商城尋找能讓唐心訣醒來的道具——然而獎品還沒結算完，一段橫空插入的遊戲通知硬生生打斷她們所有的計畫。

「……通知說，升學考核副本即將開始，讓我們在十分鐘之內做好準備，即刻進入副本。」

郭果對這句話印象十分深刻，因為通知裡只有這麼一句話，對於副本資訊半個字都不肯顯示，好像生怕她們真的把準備工作做好了一樣。

三人被砸得猝不及防，只能抓緊時間在商城買了點道具備用，如護身符、回血回藍藥……最後還是張遊敏銳地嗅到一點不對勁，怕狗副本一言不合將四人分開，多買了一副眼鏡形的強效聯絡器。

說到這裡，郭果深深嘆息：「我們還留了很多字條給妳解釋情況，但是千算萬算沒想到，這個狗副本不僅把我們分開了，竟然還把所有異能道具都沒收了！」

那還通知她們準備個毛線啊，直接說做好心理準備不就完了嗎？

唯一倖存的是張遊的通訊眼鏡，但也時靈時不靈，至今不知道有沒有成功聯絡上其他人。

唐心訣略微沉吟：「我沒收到訊息。」

看來張遊暫時失敗了。

但若繼續輪迴考試下去，哪怕她們暫時找不到破局點，想必也能透過能力和道具的恢復聯絡上……只要她們能活到那時候，不失為最後的解決辦法。

但在此之前，她更在意另一個問題：「升學考試？」

唐心訣已經好奇這個副本的性質很久了。

儘管眾所周知副本一貫不做人，但這一次格外離譜：考生昏迷狀態就被扔進副本，找不到副本資訊和任務，與室友失聯……

郭果的到來給出了這些問題的答案。

這是一個考核副本。

「考試副本是什麼意思？」

郭果心中其實已經有了方向，唐心訣的反應更坐實了這一猜測：「難道是……」

唐心訣點點頭：「沒錯。」

「這次的副本，就是我們從三本到二本的升等考試。」

這個名為「宿舍生存」的遊戲將考生分為幾個不同等級階段，分別是三本大學、二本大學、一本大學、一流大學等等……所有人最開始都是三本大學。

「遊戲規則寫過，升級需要考核。當遊戲對一個寢室綜合判定超出當前寢室等級，考核就會立即開始。」

唐心訣回憶起規則書的內容，與這次副本情況相對應。

遊戲判定她們可以升級的時間正好在寢室友誼聯賽結束後，所以才導致獎勵發到一半副本橫空出現，所有人被扔進了這裡。

「原來規則書裡說過這點啊……」郭果有些心虛，她根本沒記住。

簡單的資訊互換完成了一半，現在該唐心訣講述情況了。郭果連忙抬起亮晶晶的眼睛，然後就看到唐心訣從懷裡取出了一遝紙。

再定睛一看，郭果大驚失色：「這不是我的准考證嗎？怎麼在妳這？」

她立刻摸索身上的准考證，拿出來一對比，一模一樣。

唐心訣笑道：「正好不用去找妳了，我也想看看第二個人是誰。」

什麼第二個人？

郭果還丈二和尚摸不著頭腦，就目睹了唐心訣手撕准考證的過程。

郭果：？

郭果：！

一百萬頭羊駝在她嘴邊欲言又止，只能憋在內心呼嘯而過，最終濃縮成一句話：「這不是我的准考證？」

合著她做題做到快吐了，全都是在替別人考試！

「不僅如此，」唐心訣撕出假准考證上的真照片時，還露出一抹意味不明的笑容：「選擇讓妳替考的那位，好像還是我們的老熟人啊。」

准考證上，一顆熟悉的腦袋裝在照片內，生無可戀地看著鏡頭。

『您撥打的電話暫時沒有訊號，請稍後再撥……』

『您撥打的電話暫時無人接聽，請稍後再撥……』

走廊內，張遊在疾跑的同時飛快用手指按動鏡框，收到的回覆卻盡是失敗。

身後追趕的嘈雜聲音越來越近，她咬住牙深吸一口氣，在鏡框上用力一抹。

『是否啟動銷毀程式？銷毀後本道具將報廢，請謹慎確認——』

『銷毀程式已啟動。』

「站住！」

張遊停下腳步，轉過頭去。

一個年輕高挑的女子氣勢洶洶走上來，張揚的挑染髮絲在腦袋後面一晃一晃：「妳剛才跑什麼？」

張遊平靜道：「你們追我我害怕，害怕當然就跑了。」

女子冷哼一聲：「考生張遊是吧？我們懷疑妳涉嫌考試作弊，我勸妳安靜配合檢查。別試圖第二次逃跑，妳不會想知道後果的。」

說完她一揮手，厲聲道：「搜身！」

張遊冷靜的目光透過鏡片看著她：「藍老師，這裡是現代法治社會的二〇一九年，我勸您平和一點，畢竟等等還要繼續考試。」

藍監考嗤笑一聲扯下張遊的眼鏡，扔給旁邊的監考員：「給我仔細檢查這副眼鏡。還想考？那要先排除妳的嫌疑才行。」

話音方落，監考員一板一眼道：「未檢查出違規物品，可排除作弊嫌疑。」

藍監考：「……」

她一臉懷疑地奪過來眼鏡再次檢查，竟然真沒找到馬腳，不得不悻悻還回去：「不是用來作弊，那妳動不動摸它幹什麼？」

張遊臉上看不出任何情緒：「品質太差戴著不舒服，您要是心地善良可以幫我換個新眼鏡。沒有別的事我就先回去了。」

「哼，別讓我再抓住妳，下一次我未必這麼好說話了。」藍監考抱臂陰惻惻目送張遊回去，視線裡人都快沒了才突然一個激靈：「等等？妳怎麼知道我叫……我姓藍？」

聽到質問聲，張遊步伐不停：「因為藍老師口袋裡有一張露在外面的工作證，您好像忘記塞回去了。」

「哦對了，我不應該稱呼您為藍老師。」她話音一頓，嚴謹地糾正道：「冰老師，冒犯了。」

冰藍藍：「……」

緩緩把工作證塞了回去。

她盯著張遊的背影，有一瞬間眼中殺意乜現，卻彷彿受制於某種原因不能直接發作，只能咬了咬牙轉過頭，對其他監考惡狠狠下命令：「都去盯著她，全部都去！」

監考互相對視一眼：「為不影響考生心態，同一教室內最多不能超過八名監考。」

冰藍藍：「……一群蠢貨，活該你們餓死！」

「我們是監考，我們不會餓。」

「去死吧廢物們！」

「我們是監考，我們也不會死。」

「……啊啊啊！」

「四〇七有報告，考場秩序已恢復正常。請所有監考員各司其職堅守崗位，維護考場秩序。」

密集的人群說散就散，走廊轉眼空曠如初，只剩下面目扭曲的冰藍藍一人。

「為什麼我手下全是這種沒用的廢物，連個學生都抓不到！氣死我了，死，都給我去死！剝皮抽筋！煎烤烹炸！」

冰藍藍氣得抓住自己挑染的頭髮又薅又拽，對著空氣低吼了大半天才勉強平靜，即便如此胸腔也劇烈起伏個不停，把自己累個半死。

她眼底浮現一絲懊悔：「早知道……呼……不應該選這個人設……呼……」

但是後悔也晚了，她不甘心地掃了走廊一眼，不得不打開一扇房間門，身影消失在大廳內。

數秒後，張遊從角落陰影處悄無聲息探出頭，目光複雜地看了冰藍藍消失的地方一眼，然後速度飛快離開這裡。

「同學，現在考試已經結束，請妳立刻離開考場。」

一名身材高大的國字臉女老師站在講臺前方，對教室裡唯一滯留的女生疾言厲色。

然而女生不僅毫不畏懼，甚至比監考老師還嚴肅：「誰說收完卷必須立刻離場？不允許我坐在這裡思考一下錯誤嗎？我考了這麼多次考試，從來沒聽過這麼無理取鬧的要求！」

監考老師：？

這裡妳監考還是我監考？

她找回老師的尊嚴，厲聲訓斥：「這是規定！再說，卷子都已經收走了，妳還思考什麼題？這桌子上有題目嗎？」

「妳是認真的嗎？」鄭晚晴瞥了對方一眼，秀麗的眉型皺成不耐煩的形狀：「妳大學怎麼考上的，這就把學習方法忘光了？誰會忘記剛做過的題目，當然是留在腦子裡心算啊。」

監考：「……」

等等，怎麼突然開始人身攻擊？

說誰大學考得不好呢？

四〇七考場外，幾名監考員站在走廊裡靜靜等待裡面的人出來。然而隨著時間一點一滴過去，裡面始終沒有走人的跡象。

幾人無聲靠近教室門，準備隨時闖進去。

但一貼近門板，激烈的吵架聲傳入耳中：「我看妳上的才是野雞大學吧！考這麼多次，重讀的渣渣在這裝什麼學霸！」

「呵呵，我高二考時拿到的總分再抹個零都是妳考十次也拿不到的成績，多努力學幾年也不至於一把年紀還在三本大學打野工，有時間寬以律己嚴以待人不如反思一下，為什麼把時間用來在這裡摸魚蹉跎人生？」

「妳放屁，我不是三本我是二本！妳個三本有什麼資格當我人生導師？」

「二本很光榮？但凡妳考試的時候像我這麼努力，現在不去雙一流至少也在一本了。」

「胡說八道，妳以為我像你們一樣那麼幸運，只要通過考試就能上一本？我每天打工二十個小時都存不夠升學點數，妳知道我每天多努力嗎？妳這種只需要動動腦子動動筆就能上一本大學的廢物人類，有什麼資格瞧不起我？」

「妳說得對，對不起。」

「妳……啊？」

國字臉女老師一愣，沒預料到鄭晚晴話鋒一轉，竟然這麼乾脆俐落地認了輸。

只見鄭晚晴一本正經道：「我不應該用成績來評價妳，我也沒有資格評價妳的大學和工作，這種衡量標準更不能用來衡量一個人。更何況妳說得對，現在妳是二本，我才是三本的學生。剛才那些話都是我亂說的，希望妳不要放在心裡。」

「啊，這。」監考者張了張嘴，豐富的吵架詞彙憋在嘴邊出不來，竟比被罵了一頓還難受，一時間竟然不知道該如何接話。

而且從吵架的激烈情緒裡脫離後，她意識到事態似乎有點不太對。

又聽鄭晚晴說：「但是，為什麼我們同樣是學生，我要在這裡考試，妳卻可以監考？」

她看著女監考的中年國字臉，認真地說：「我就說怎麼沒完沒了的考試，該不會，妳才是我真正的考卷吧？」

監考：「……靠。」

被釣魚了！

「所以表面上是四個人，實際上卻有八張准考證，而我們一直在替別人考試，真正考試的人其實是我們的監考老師！」

郭果試圖捋清邏輯，結果發現越捋越混亂：「那我們到底要考什麼？」總不能八個人一起比拚成績，誰成績高誰通關吧！

唐心訣：「這就是另外一個問題了，不過我更傾向於，屬於我們的考試還沒開始。」畢竟她們自己的准考證被藏在這裡，連准考證都沒有，怎麼能進入考試？

郭果：「那是不是就等於，如果我現在把真正的准考證拿回去，就可以進入真正的升學考試了？」

唐心訣：「也不一定，別忘記我們有四個人。」

僅僅兩人拿到准考證是沒有用的，她們必須想辦法聯絡到張遊和鄭晚晴，將四人手中的全部資訊互通，才能決定下一步該怎麼走。

「哦，我明白了。」郭果腦中靈光一閃：「因為我們四個人是分開的，每個人的替考不一樣，環境不一樣，找到的線索應該也不一樣。」

「假設准考證是進入正式考核的鑰匙，那麼除了鑰匙本身，我們還需要知道入口的位置、使用鑰匙的方法……」

郭果正掰著手指頭數，突然感覺頭頂燈光似乎略微晃了一下，她敏感地縮了縮脖子，應該是錯覺吧？

「妳沒感覺錯。」唐心訣彷彿能聽見她的心聲，冷靜地回答：「剛剛燈的確閃了一下。」

話音剛落，屋內日光燈再次重重一閃，整個房間短暫黑暗又亮起，然後開始瘋狂交替閃爍。

「滋滋……」不知從哪裡出現的電磁滋啦聲蔓延，堆疊在書櫃上的紙張被吹過的風呼啦啦捲起，在空中雜亂無章地翻飛。

兩人四目相對。

「走！」

唐心訣拉住郭果飛快向外跑，房間大門瘋狂顫動，發出不明原因的摩擦聲。

——唐心訣一把拉開以後，郭果才看到門縫間隙留了一卷文件，恰好能堵著門不讓它關死。

幸好唐心訣留了一手，要不然她們剛剛就被鎖死在房間裡了。郭果後背一陣毛骨悚然，一踏出門立刻打開陰陽眼環視四周。

不看還好，一看完直接寒毛倒豎：「訣神快跑，後面全都是人！」

不，那已經不能稱之為人，充其量只能算是密密麻麻的白色人影，從黑暗的角落呻吟著爬出來，速度比蟑螂還要快。

兩人二話不說向走廊外拔足狂奔，快到樓梯口時郭果卻感覺自己被向左一推，頓時偏離了樓梯。

「去窗戶那裡。」唐心訣語速極快：「那裡是妳離開的出口。」

左面牆壁上不知何時出現一扇狹小窗戶，仔細看去能看到一個若隱若現的透明人影，正是之前把她們引到這裡來的短髮女生！

郭果意識到對方可能是來「接自己」的，連忙調轉方向又急匆匆問：「那妳怎麼辦？我們不能一起走嗎？」

短髮女生伸出一根手指。

她只能帶走一個人。

郭果下意識道：「我有陰陽眼，妳把訣神送回去吧！」

短髮女生搖搖頭，比手勢：

把妳送走，她能活。

把她送走，妳得死。

郭果：「……」

謝謝，她悟了。

還沒來得及再開口，一股熟悉的力道就裹挾著郭果栽向窗外。

狹窄的窗戶無聲消失，走廊陷入澈底的黑暗，身後有陰風呼嘯著追上來，唐心訣沒再猶豫，直接握住了樓梯把手。

剎那間，安靜的樓梯也發出陣陣嗡鳴，像是饑腸轆轆的野獸聞到鮮美的食物香氣，開始躁動不安。

而黑黢黢的樓梯則是張開的血盆大口，等待著即將到來的飽餐。

唐心訣掃了一眼，手腕向下一撐，身體輕巧地躍跨至樓梯扶手上，一點都沒碰到臺階。

樓梯：？

下一瞬，唐心訣施了個反方向的力，身體順著樓梯扶手一滑到底！

等樓梯反應過來到嘴的食物就要飛了時，惻惻陰風瞬間狂化成席捲的氣流。扶手上生出寸寸尖刺，憤怒的要將女生從上面逼下去。

扶手的異變來勢洶洶，姿勢不變就會被扎得遍體鱗傷，唐心訣轉身單手抓住扶手向下一躍，隔著一層距離直接跳下去。

氣流再次撲空，唐心訣落在了扶手距離五樓走廊只有幾步之遙的位置。

五樓就是她來時的路。

眼見獵物即將溜走，黑暗最後的怒火匯聚到樓梯尾端，扶手盡頭異化作一個巨大利爪，黑壓壓向上抓來！

這次避無可避，也無需再避。

唐心訣動作不變，深吸一口氣沉丹田，對準走廊開口：「綠老師！」

第四章　綠老師

綠老師在空氣中閃現時，興奮的臉上還掛著未褪去的虛偽笑意。

「唐同學，這次……」

然後她就看到了正在面前極限飆車的唐心訣。

唐心訣朝她點頭打了個招呼，隨即猛地伸出手拽住她衣領，把人往自己身前一摜！

綠老師：？

樓梯盡頭的巨大黑手並不在乎下面的人是一個還是兩個，不管三七二十一向下就拍。首當其衝的女人臉上笑容一僵，頭髮本能地向後炸開，眨眼間化成一根根纖細尖銳的利刺，扎破了黑手！

兩聲尖嚎同時響起：一聲是女人吃痛的慘叫，另一聲則是樓梯尖銳的嘶嚎。

唐心訣眼前視線陡然清明起來，原來樓梯間裡濃郁的黑暗並不只是沒有光線導致的低可見度——而是無數細密漂浮的黑氣。

這些黑氣此刻有生命般翻騰滾下，瘋狂匯聚到五樓樓梯最後一層臺階邊緣，像從地底升起的騰騰火焰，怒火沸騰地燃燒。

唐心訣抓著綠老師一個急剎車，聳聳肩：「老師，妳好像惹它們生氣了。」

綠老師捂著腦袋張大了嘴：「我惹它們？妳……」

女人無數髒話憋在嘴邊，黑氣尖嘯一聲抽起長枝鞭撻而來，唐心訣反應比旁邊的人稍快一籌，從背後抱住對方就地一翻。

在綠老師的尖叫聲中，唐心訣成功借著對方的身體擋住滿臺階鬼物，然後把人往黑氣屏障最薄弱處一推，自己緊隨其後。

這次早有準備的樓梯秒速反應過來，盡數湧向人影衝去的方向，將人牢牢罩在當中！

「啪！」同一時間一聲輕響，唐心訣成功突破重圍。

——在把綠老師推出去後，她直接衝向相反的方向，原本黑氣最盛的危險角落在火力全轉移到綠老師身上後，赫然成為了最輕鬆的突破口。

綠老師：「妳ＸＸ……」

唐心訣起身抖了抖衣服，遮住皮膚上幾道狹長傷痕，然後對著被困在樓梯上的女人體面地點點頭，客氣道：「老師果然言而有信，辛苦妳這麼遠跑來接我，那我先回考場繼續做題了。妳等等回去的時候順便帶幾個ＯＫ繃，送到三〇七考場就行，謝謝。」

說罷擺擺手，悠然轉身沒入走廊。

張遊輕手輕腳摸開一扇門，遊魚般滑了進去。

看到屋內空曠普通的布置她已經習以為常，不僅毫無失望之色，還馬上打起精神開始尋覓去下一個房間的機會。

從第二次輪迴開始，張遊立刻意識到老實考試在副本裡的作用微乎其微。只好重拾老本行，用嫺熟的打野遊走技巧探索教學大樓。

利用四場考試的間隙，她先後將四層樓都摸索了一遍，發現監考員的出沒並非沒有規律。透過觀察來看，他們總共可以分為三類：

第一類是最普通的考場監考，平均每個教室考場駐守兩人，除非極特殊情況，否則基本不會離開教室。

第二類則是遊走的監考，每當有考生做出「不好好考試」的舉動，這些監考就會傾巢而出，直到考場恢復秩序才消失。

第三類，也是最特殊的一類。這種監考只有一個人，個人意志和性格更加突出，似乎擁有能命令其他監考員的能力，也是唯一一個能讓她感覺到明顯惡意的NPC。

比如那位名字十分令人耳熟，叫做「冰藍藍」的暴躁女監考，就是這樣的領頭者。

但無論是哪種監考，都不會無時無刻上線。尤其是冰藍藍。張遊稍加觀察就發現，對方似乎受到某種活動規則的限制：每當達到一定的行動量或者時間，她就會不得不回到四樓大廳的一扇門內。如果沒有涉及到考生的突發事件，那麼就要等到下一場考試才能再出來。

掌握這些以後，有空隙就抓住空隙，沒有空隙就製造空隙，用盡渾身解數的張遊終於把五層教學大樓裡能走的地方都走了一遍。

能走的走完，剩下的地方就都是不能走的了。

一陣若隱若現腳步聲打斷了她的思緒，張遊默默戴上一副手套，然後俐落地鑽進牆角櫃子裡，等待房間門被人推開。

這裡是二樓，也是監考力量最森嚴，最容易被察覺的地方，必須加倍小心。

——事實上，她很早就察覺到不同樓層的安保程度有強有弱。走過一遍後，她就放棄了那些難度低的樓層，專門在這種一步一雷的地段遊走摸索。

畢竟往往越危險的地方，就是越重要的地方。

所以越不能走，她就越要走。

「吱呀——」

房門被推開，一個年輕男監考員走進來。他面無表情環視一圈，目光最後落在牆角處可容納一人的大木櫃上。

進行短暫判斷後，他轉動方向一步步走上來，握住櫃門把手。

張遊屏住呼吸。

透過木櫃的縫隙，她能看到監考員臉上沒有光澤的兩顆眼球，正安安分分停在眼眶內沒有動彈。

這證明對方只是普通檢查，目前還沒與其他監考聯絡。

在張遊鬆口氣的同時，監考員一把拉開櫃門，視線正與櫃中女生四目相對。

下一秒，他捂著被捅的下巴，一個字都沒來得及說就踉蹌栽倒，昏了過去。

張遊謹慎地跳出來，悄無聲息繳了他的外套和工具披在身上，然後把人拖進櫃子裡關起來。

巡邏的監考者雖然數量繁多源源不絕，但也有自己的弱點。重擊下巴會讓他們短暫失去聯絡外界和行動能力，關進封閉空間則會延緩對方被「自動召回」的速度。

熟能生巧地處理掉人，張遊再次打開房間門，悄無聲息溜了出去。

至此為止，二樓走廊僅剩最後一扇沒被打開過的門。

這是一扇上了鎖的門，張遊找過很多監考官身上的鑰匙，都無法和門上鎖孔匹配，二樓的監考都快被她薅光了。

要是這次還不行，她只剩下唯一方法，就是冒最大危險回到四樓找「冰藍藍」，從老虎屁股上拔毛了。

「啪嗒。」

鎖孔內輕微一聲響，門應聲而開——

好在天無絕人之路。

張遊抑住嘴角弧度，不浪費半點時間側身鑽入，一進入就被晃了下眼。

……這房間，是不是有點明亮過頭了？

適應過後再看去，她才知道屋內的光來自於哪裡。

整個房間裡擺滿了各種玻璃和金屬製品，將窗外和房頂燈光反射得如同戶外天光，無比刺眼。

最開始她還不懂這些物品的來歷用途，直到看清正前方櫃子內擺放的數十副款式各異的眼鏡，瞬間了然。

好傢伙，原來是這個？

只見每一款看起來平平無奇的眼鏡，仔細觀察都能看見鏡片上細小的文字，搭配一旁的耳塞、磁卡、隨身碟……性質已經昭然若揭。

這分明是個作弊道具儲存室！

屋內琳琅滿目的道具儀器，大到遠端控制臺和訊號恢復儀，小到耳塞、戒指、衛生紙，都按照一堆看不懂的亂碼標籤排列擺放著，儼然是已收繳違禁物品的陳列狀態。

稍許心虛地扶了扶自己的鏡框，張遊按照原計劃開始依序搜查。一邊查看一邊忍不住磨牙。

副本為什麼收走了她全部能力？哪怕留一個儲物袋也行啊。

這些可都是道具，副本裡的免費道具啊！

檢查完大半個房間一無所獲，她感覺好像痛失了一個億。

真的不能在不影響副本規則的前提下帶走一點東西麼？比如……張遊目光忽地掃到某一處，微微一凝。

那是一個銀色儀器的邊緣，由於縫隙與牆角陰影幾乎連成一體，她剛才險些沒有注意到裡面露出的紙張一角。

輕輕將其抽出，隱藏在角落裡的文件露出全貌，標題映入眼簾。

「高等升學考試……規則須知？」

「不可能！這才第二輪，妳怎麼可能有這麼多力量……」

國字臉女老師倒在地上捂住心口，滿臉不敢置信。

她外表雖然還是正常監考老師的模樣，另一隻手卻變成森森白骨，比刀鋒還尖銳的五指指尖還掛著一條條血淋淋肉絲，不難想像攻擊時的凶殘恐怖。

但很不幸，白骨骨折了。以至於這條恐怖的手臂此刻根本抬不起來，臂彎被反方向折了九十度，肩膀上還踩了隻腳。

腳的主人睥睨著她，手裡拿著一塊沾血的身分牌，這是剛剛從國字臉老師口袋裡翻出來的。

鄭晚晴努力辨認上面的字眼：「琉……琉璃紫？這什麼東西，一種顏色？一種玻璃？」

這什麼鬼，現在副本線索都這麼晦澀了嗎？

「那是我的，名字！」

國字臉忍不住咆哮出最後一句話，舌頭伴隨聲音猛地拉長彈出，朝鄭晚晴脖子直直射去！

鄭晚晴下意識一拳轟下，鋼鐵虛影凝實對衝，把舌頭直接砸回地面，國字臉後腦勺直接下陷了一個坑。

「嗚嗚嗚——」

國字臉寧死不屈地瞪著她。

鄭晚晴恍然大悟：「妳叫琉璃紫？名字怎麼有點耳熟……妳是副本 Boss？不對，這麼弱不太像，那妳知道我室友在哪嗎？」

「喂，喂？」

鄭晚晴蹲下拍了拍她的臉，才發現對方已經白眼一翻，氣暈了過去。

『檢測到考場受損嚴重，無法繼續考試，將隨機轉移至下一考場，請考生做好準備，三、二、一……』

「下一考場？」

鄭晚晴一怔，眼前旋即一花，再睜開時景象已經截然不同。

滿班級七倒八歪的「考生」與「監考員」不見了，取而代之的是一排排嶄新書桌和陌生面孔。

數步外的班級門口圍了一圈監考員，但這次的目標不是她，而是另一個低馬尾女生。

看著熟悉的背影，鄭晚晴倏地睜大雙眼。

「妳本來有一分鐘時間解釋剛剛為什麼離開考場出現在其他樓層，但現在我不想給妳解釋機會了。」

藍色挑染女頂著惡意的笑，居高臨下地審視低馬尾女生。

「妳違反了考試規則，理應受到懲罰。」

低馬尾少女在一群監考虎視眈眈的包圍下顯得十分弱勢，但黑色眼鏡框下的臉依舊平靜：「我不認為自己違反了考試規則。相反，如果冰老師執意決定懲罰我，那有可能妳才是那個違逆規則的人。」

挑染女彷彿聽到什麼極其可笑的笑話，嘴角向兩側高高咧開：「嘻嘻，如果這就是妳臨死前……受罰前說的最後一句夢話，那我可以仁慈地原諒妳，然後嘛——」

說罷她朝其他監考員一擺手，兩個高大凶悍的男人就要撲上來抓住女生。

「砰！」

一把椅子從教室後方重重飛過來，砸向右邊監考！

「什麼東西！」

伴隨藍髮挑染女驚怒交加聲音的，還有一道中氣十足的熟悉喊聲。

「張遊！」

張遊側身躲過監考抓捕，聞聲驚訝回頭，瞳孔映出教室後方的女生時微微收縮，連動作都慢了一瞬：「晚晴？」

眨眼又是兩把椅子飛上來，一眾監考匆忙躲避。張遊借機擺脫包圍圈閃身到講臺另一邊，第一個反應就是問室友：「妳怎麼過來的？找到了打破副本屏障的方法嗎？」

最開始的一瞬間張遊不是沒升起過懷疑，但看到對方動作的下一秒，這點懷疑就煙消雲散了。

這個上來就動手的行為，莽出境界的氣勢，絕對是鄭晚晴沒錯，不可能有第二個人了。

鄭晚晴一邊扔椅子一邊三步併作兩步趕上講臺，仔細看了張遊一眼，確定沒受傷才怒氣沖沖道：「我剛剛收到轉考場通知，然後瞬眼就到這裡了。不過妳這裡怎麼回事，怎麼讓他們欺負妳？」

「我們是監考，我們不會欺負人。」

一個被椅子砸倒的監考歪著脖子搖搖晃晃站起來，還一板一眼地解釋著：「我們是在維持考場紀律。」

鄭晚晴反手抄起旁邊的桌子扔過去：「滾！」

痛失試卷和書桌的考生：「……」

瑟瑟發抖，不敢出聲。

冰藍藍一把推開左右監考，憤怒得眼歪口斜尖牙外凸，模樣十分嚇人：「妳瘋了，竟敢襲擊監考老師！」

「襲擊監考是最嚴重的罪名，我宣布立刻撤銷妳的學籍並格式化……咦？」

冰藍藍聲音一頓，折出一個疑惑的單音：「妳不是考生，不對，妳是這一批考生！妳不是應該在小紫的考場嗎，怎麼會出現在這裡？」

鄭晚晴比她還疑惑：「一下子不是考生一下子又是考生，妳到底在說什麼東西？」

「我還想問呢，你們這是什麼鬼地方，考試無限輪迴，NPC打不出一句話，主監考還一言不合就變異，打死了才能出來——哦，我好像明白了，妳也和她一樣，是考場的Boss？」

張遊：？

冰藍藍：？？

數秒寂靜後，兩人同時意識到問題，脫口而出：

「妳打破副本屏障的方法是暴力突破？」

「妳在那個考場做了什麼！」

兩道聲音一高一低，一個尖銳一個沉穩，重疊出現的瞬間震得教室天花板都微微晃動，埋頭做題的考生和監考都同時放下手，齊刷刷抬頭看向講臺。

若換做以往，張遊肯定會毫不猶豫迴避這種情況，但現在她只是認真看向鄭晚晴，凝重道：「我需要一些細節。」

「去死吧！」冰藍藍尖銳嗓音打破她們的對話，一爪子撲上來：「妳們死定了！我要殺了妳們！」

張遊拉住鄭晚晴避開利爪，冷靜且聲音清晰道：「沒事，讓她自己發瘋。她沒辦法控制自己生氣的行為，生氣到一定程度就會被副本關小黑屋，到時候我們解決其他監考就方便了。」

被當面「密謀」的冰藍藍：「……啊啊啊啊！」

她澈底失去理智，頭頂藍色挑染部分結出一片片冰霜，冰霜掉在地上迅速冰封四周，帶著刺骨的陰冷飛速擴散。

鄭晚晴反應極快地一拳砸下去，講臺桌被掀翻砸出——在巨大笨重物體撞擊門框的震耳欲聾聲中，冰藍藍和一眾監考像秋風掃落葉一樣被掀到教室門外，撞得人仰馬翻。

看到這一幕，連張遊也沉默了。

她不確定地問鄭晚晴：「妳輪迴第幾輪？」

鄭晚晴不明所以：「不是第二輪？」

張遊緩緩開口：「從我個人經歷的規律來看，第二輪輪迴只會恢復我們極小一部分力量，但妳……」

比如她，第二輪恢復的主要是身體素質和部分打野技能，連帳本道具和防護異能都杳無蹤影，因此絕不會選擇與人多勢眾時的NPC的正面交鋒。

是她不想暴力推塔嗎？是她做不到啊！

同樣NPC也是如此，否則以冰藍藍的暴躁設定，絕對恨不得第一次輪迴就把考生生吞活剝，也不會此時才被激怒到狂化。

但剛剛鄭晚晴那一下實打實的鋼鐵巨拳，無論怎麼看，都和全盛狀態沒什麼差別啊？

「啊？」

鄭晚晴傻眼一瞬，顯然比張遊還不清楚這是怎麼回事。

她一擊即中就收回了「鐵窗大的拳頭」，改用健全的左手單手拆下黑板，橫眉冷對班級裡剩餘的學生，一副誰敢動就先動誰的氣勢。

考生們：「……」

不敢動，不敢動。

張遊一時間得不出答案，且現在情況箭在弦上不得不發，顧不得剖析原因，單刀直入問更重要的一點：「妳剩下的力量還能撐住第二次戰鬥嗎？」

鄭晚晴抬了下空蕩蕩的袖子，彷彿裡面有一隻正在比ＯＫ手勢的手臂一般，爽朗開口：「沒問題。」

「那好。」張遊果斷決定：「我們就按照妳之前的方法，先一起打通這個考場，與心訣或果果會合！」

唐心訣泰然自若地回到考場，神情之自然讓擋在門口的監考都猶豫了一秒。

但他們還是盡責職守地攔住了女生，面目嚴肅：「不明原因離開考場，需要接受檢查。」

「可以。」

唐心訣毫不猶豫答應，然後在監考走過來的瞬間敲暈了兩人。

「噓，幫我看一下這兩人，我需要確認一點事情。」

唐心訣對愣愣看著門口的考生比了個噤聲的手勢，然後笑了笑，將一遝紙遞給她：「等等有監考老師跑過來，在她進門前將這幾張紙全塞進她懷裡。如果沒成功，你和你的卷子都會從三樓掉下去。」

考生：「……」

當身形狼狽的女人陰沉著臉出現在門口時，看到的就是唐心訣正安安靜靜寫卷子的模樣。

膚色蒼白的女生眼睫動了動，不經意瞥到門口的身影，嚇了一跳般吸口氣：「嘶——綠老師，妳剛才去跳海救人了嗎？怎麼像個落水猴子？」

一開口就是老陰陽人了。

綠老師皮笑肉不笑地動動嘴角，露出一口森森白牙：「我剛才不小心被一個不守規則的學生坑了一下，妳說，我應不應該懲罰回來？」

不等唐心訣回答，她已經抬腿踏進門內，對旁邊考生塞進手裡的紙無動於衷，眼睛死死盯著唐心訣一人，怨毒得像要流出膿來。

唐心訣視線在紙張上短暫停了一秒。

果然沒有反應。

看來真實准考證的用法有些複雜啊。

下一秒，女生恍若無事發生般搖搖頭，揚起笑容：「這句話就不對了，老師親口叮囑過我有事情一定喊妳名字，我只是嘗試著喊了一下而已。沒想到老師馬上就鎖定我的位置並趕到，實在是太巧了。」

「至於學生牢記老師叮囑，師生和睦的事，怎麼能叫坑呢？」

——明明是搬起石頭砸自己的腳才對。

綠老師的笑容看起來像是臉部骨骼被某種力量打變了形，又像是剛從一場失敗的整容手術中下來，每一寸肌肉兢兢業業向上提拉，反而顯得更加吊詭。

「妳說得對，我不應該再和妳廢話了。」女人輕聲細語，向唐心訣步步逼近，「我應該……」

唐心訣懶散地掀起眼皮，筆在指間流暢地轉動，靜靜等待對方下一步動作。

然而比女人更快趕到的，是耳邊突然出現的另一道聲音。

『……心訣……心訣，能聽到嗎？』

這是張遊的聲音。

指尖動作頓住，唐心訣目光陡然一銳，手裡的筆直接向綠老師飛去！

綠老師躲都不躲，直接用血跡斑斑的手把中性筆拍飛，完全不在乎形象——畢竟她已經狀似厲鬼，根本沒有下降空間了。

唐心訣也在這一瞬把對方手裡的紙拿回，敏捷翻過桌面的同時回答：「我能聽到。」

『太好了！』那邊開心的聲音又從張遊變成了鄭晚晴的，而且迫不及待說：『心訣，妳快點把妳那個考場的主監考弄死，這樣我們就能團聚了！』

「謝謝妳給的建議。」唐心訣仰身躲開綠老師的一爪，語速平穩且快：「然後讓張遊來和我說。」

鄭晚晴：『……我明明說得挺清楚嘛。』

背景音嘟嘟囔囔又換成了張遊的，這次明顯有條不紊許多，張遊在最短時間內講完了她和鄭晚晴會合的事。

「暴力破關？」

唐心訣若有所思，順便拉過一名昏迷監考擋在身前，下一刻這人的身體就被一雙尖銳爪子毫不猶豫刺了個對穿。

「建議很誘人，但實施難度有點高。」

把另一名監考也扔了出去，唐心訣一腳踹開大門，烏泱泱如同複製出來的監考員蜂擁而入，小半個考場瞬間被堵得水泄不通。

等監考全部湧進來，唐心訣的身影已經神不知不鬼不覺換到了門外。

無論是命令這些監考撤開，還是暴力推出條通道，這點阻礙的時間都足以讓唐心訣消失在走廊上。在多次被坑的經驗下，莉娜綠比任何人都更清楚這一點。

她掛著畸形笑容的臉遙遙看了唐心訣一眼，兩隻手同時伸出，毫不猶豫刺穿了最前面兩名監考。

然後是第三個、第四個、第五個——

一連串血肉飛濺的噗嗤聲下，從她面前到門口所有監考員，眨眼之間全部被殺死！

面對這已經不能稱之為「痛擊我方隊友」，而是升級到「屠殺我方隊友」的舉動，唐心訣眨了眨眼，毫不猶豫閃身消失在門口。

「嘻嘻嘻……」

屍體堆成的小山轟然倒塌，已經看不出人形的莉娜綠從裡面走出來，兩顆眼珠在淋滿鮮血的臉上咕嚕嚕滾動，越發溫柔地呼喚：「唐同學，妳在哪裡？老師來看妳了，我手裡還有妳要的ＯＫ繃，需要老師為妳包紮傷口嗎？老師來了哦——」

通訊另一邊，鄭晚晴感覺身上起了一層密密麻麻的疙瘩，確信道：『我那個考場的主監考還沒這麼變態。』

張遊：『我這個考場的也沒到這種程度……因為是心訣，所以碰到的難度最高嗎？』

嘴裡說著幫妳包紮傷口，聽起來卻無異於砍掉妳的頭，這位行事凶殘的「綠老師」越溫柔到發膩發嘔，就越令人警鈴大作。

唐心訣沒有多說，言簡意賅問張遊：「妳現在考場怎麼樣？」

張遊立即會意，迅速講述與晚晴會合之後發生的事。

原來，她們本來的打算是兩人聯合再打敗冰藍藍，以同樣的方式暴力打通考場。但等兩人追出去時，卻發現一直放狠話的冰藍藍已經不知所蹤。

主監考不在，機器人一樣的普通監考員就會無窮無盡更新，兩人實力再強也抵抗不過人山人海，只能暫時在教學大樓裡找了一個角落躲藏起來，等找到冰藍藍再說。

「暴躁只是她身為監考的設定，這個鬼怪本身是有腦子的。」

唐心訣迅速給出結論，並指出一個重要資訊：「這個副本目前一切都是在模擬真實升學考，一切考生和監考都有屬於人的特徵，或者說是設定。這種設定在主監考，也就是副本Boss身上最明顯，甚至能制約她們的行為。」

比如莉娜綠的設定就是「溫柔」，所以哪怕怨恨唐心訣到恨不得馬上手撕，也不能放下臉上的笑容。

而按照鄭晚晴和張遊的敘述，前一個考場的「琉璃紫」人設是認真死板，後一個考場的「冰藍藍」人設則是衝動暴躁。

正如考生異能有強有弱，NPC的人設也各有利弊。人設的攻擊性越弱，就越不利於鬼怪對考生出手；反之攻擊性越強，狂化就更加容易。

唐心訣：「所以我猜，這些鬼怪的本來屬性可能與人設相反。」

她一字不停：「冰藍藍的監考人設暴躁衝動，就需要鬼怪冷靜有腦子，才能克制住不發瘋，在感覺不妙的時候提前溜走，讓普通監考消耗妳們的力量。」

「而我遇到的監考人設最溫和少攻擊性，那相對應，她的戰鬥力就有可能是最危險的一個。」

唐心訣話音方落，一條薄薄的肉白色刀刃轟然捅破了她身側的門，門板窟窿內露出一張嘴角高裂的臉，眼珠三百六十度轉動：「我聽到妳的聲音了……聞到妳的味道了……唐同學！」

刺啦幾下，三〇五考場的門被澈底撕爛，「肉白色刀刃」終於露出真面目：只見那根本不是什麼器具，而是綠老師狂化後變異的手臂。

這條手臂扯成了長長一條肉皮，頂端部分比鋸刀還粗大鋒利，其他部分充當延長拉伸的活動體，把莉娜綠四肢靈活地分成無數個可以自由活動的關節，每個關節攻擊一間考場。

在找到唐心訣之前，三樓所有考場無一倖免，空氣裡充斥著濃郁的血腥味。

『心訣，現在妳那邊還好嗎？需要幫忙嗎？』

鄭晚晴急得像熱鍋上的螞蟻，恨不得現在就穿越過去和唐心訣一起打怪。

「……還可以。」過了幾分鐘，唐心訣略帶喘息的聲音再次響起。

「這棟教學大樓總共五層，夠讓她破壞一陣子。」

鄭晚晴和張遊：『……』

妳在那裡玩捉迷藏呢？

反正是副本財產，壞了也不用妳賠錢是吧？

不過很快，張遊就察覺唐心訣的情況或許並沒有想像中那麼樂觀：『妳受傷了？』

唐心訣：「皮外傷。」

她面色平靜地包紮住手臂上深可見骨的傷口，『之前去尋找線索的時候受了點傷沒處理，現在疊加起來有點麻煩，但問題不大。』

畢竟她最先恢復的是精神力異能，幾乎消耗殆盡的情況下，對於戰鬥效果的加成幾乎為無。

現在能游刃有餘，有相當一部分是從前噩夢裡作戰的經驗在維持。唐心訣很清楚這一點，至少在第二次輪迴中，並不是和副本Boss正面對打的最佳時機。

至於鄭晚晴為什麼能異軍突起，答案也很簡單——

那就是她自始至終，只進化並提升了一種能力，就是鋼鐵拳頭這一戰鬥技能。

無論第幾次考試輪迴，只要副本將異能還給她，就不得不完整還回來。唯一能壓制實力的地方，只有技能凝聚的時間長度。

鄭晚晴恍然大悟：『我知道了！怪不得這次拳頭的續航時間特別短，我想揍人都只能省著用，我還以為是NPC搞的怪呢。』

要不是唐心訣分析出原委，她都沒意識到自己被副本限制了。

「——所以現在，我們只有三種解決方法。」

唐心訣聲音陡然降低，意味著綠老師又一次找到她所在的地方。

「第一種方法，我堅持到考試時間結束，自動進入第三場考試輪迴，再配合妳們一起突破副本。」

「第二種方法，妳們找到失蹤的監考，殺了她，有百分之五十的機率來到我這裡，或者與郭果匯合。」

「至於第三種方法，」她輕輕一頓，切換成快速移動狀態後繼續說：「我需要更多關於副本的資訊，從而一次性解決她們。」

只不過這次對於四個監考NPC而言，就是另一種意義上的「解決」了。

張遊眸光微動，立即心領神會道：『更多關於副本的資訊……比如，考試規則書？』

第五章　考試規則書

既然唐心訣能羅列出來，就說明三種方法都可行。

但相對而言，前兩種都治標不治本，只有最後一種明確指向一個結果：從根源解決所有監考Boss。

張遊並不知道唐心訣那邊得到了什麼線索，但在聽到這句話的第一刹，她就想到了這本《考試規則書》。

這是她從二樓儲物室順出來的物品之一，同時還包括目前正在用來聯絡唐心訣的通訊器。只是還沒研究明白就被監考發現，一直到現在都沒找到它的用武之地。

邏輯和直覺都告訴她，這本規則書很重要，但實際翻閱時……

張遊如實說：「我沒看懂。」

眼下她再次打開規則書，鄭晚晴探頭過來看，只見除了還算正經嚴肅的封面，內頁寥寥幾頁紙上，幾乎一半都是亂碼？

剩下不多能辨認出字跡的部分，除了幾條行為規範外，記載的都是奇奇怪怪的要求：「不得在考場內食用超過五十公斤的食物，不得喧嘩超過兩百分貝，不得吞食監考證……」

鄭晚晴越念越滿頭問號：「這是人類能想出的考試規則嗎？」

誰會在考場裡做出這些事？

唐心訣扯了扯嘴角：「人類當然做不出來，可如果規則約束的對象，不是人類呢？」

如果在未接觸其他線索的情況下只看規則書，的確會一頭霧水。顯然，每一個考場能得到的線索不盡相同。

說話間，唐心訣又敲量兩名監考走進一間新的考場，在一眾考生呆滯驚恐的目光下泰然開口：「大家應該已經知道了，發生恐怖意外，今天考試取消，你們可以各回各家了。」

「可，可是，不考試就沒有成績啊。」

一個男生小聲說。

唐心訣微笑起來：「那不是更好嗎？」

「不用考試，沒有成績，責任和後果都由破壞考試的『外力』來承擔，不好玩嗎？」

考生表情逐漸由茫然轉變為複雜，複雜中又摻雜了一點無法掩飾的驚喜。

對啊，這不是更好嗎！

安安靜靜的走廊沒過多久就變得人頭湧動，學生們爭先恐後往外走，監考全被吸引過去攔截。

可是和學生龐大的人流量相比，哪怕監考源源不絕的複製，只能算螳臂當車，轉眼就被沖散成人流裡微不足道的沙塵。

與此同時，混亂的始作俑者正坐在考場後排，靜靜調試通訊訊號。

莉娜綠會從死亡的考生和監考身上抽取一定力量，這是兩層樓相繼受到無差別攻擊後，唐心訣發現的事。

她要孤身一人等到考試結束才能恢復狀態，對面卻有無數移動的「眼睛」和免費血包，這未免太不公平。

既然要刺激，那不如追求到底，一對一追逐戰不好玩嗎？

一邊等待追逐者，唐心訣一邊將掌握的所有副本資訊告訴通訊另一端，閒置時間顯然更多的室友。

在說之前，她還特地交待：「張遊，妳先控制好晚晴，接下來我說的可能會導致她情緒有些激動。」

鄭晚晴：『開什麼玩笑，我好歹是一個成熟的考生了，這點副本裡的小事還能讓我生氣？』

一分鐘後。

通訊裡擠滿了鄭晚晴怒氣沖沖的聲音：『垃圾副本！垃圾考試！垃圾NPC！竟然讓我當替考！』

『我讀了十二年才考上大學，大學三年以來日以繼夜搞論文搞競賽搞成績，辛辛苦苦十幾年進副本回到解放前也就算了，還特麼讓我替這群腦殘NPC考試？』

『她怎麼不來替我死一死呢？嗚！唔唔嗚！』

張遊把人控制好，再回來對話時語氣明顯昂揚不少：『原來問題出在准考證上面……我想我明白了。』

她從來沒有這麼慶幸自己從儲物室順走聯絡道具，找到唐心訣。

准考證真相揭開，顛覆了她對這個副本的認知：那就是這場所謂的升學考，根本和她們寢室四人沒有關係！

張遊也明白了唐心訣第三種方法的含義。沒錯，她們既不需要考試通關，也不需要暴力通關。

她們只需要讓那些真正應該在這裡考試的人，回歸本位。

以全新視角再看規則書，她們很快找到一些從前沒注意到的關鍵之處。

『考試規則第一條，所有考生需攜帶准考證入場……』

『考試規則第三條，考生入場需經過身分驗證。所有通過校門檢驗考生默認已驗證，如有考生遺漏此環節，可進行二次驗證……』

耳朵捕捉到「二次驗證」這幾個字眼，唐心訣眉心一跳，直接叫住室友：「找和這條規則相關的部分！」

張遊立即抵住這條考試規則，目光一行行向下快速掃。

在她與鄭晚晴的耳內，唐心訣的聲音明顯比之前更加急促，時而在訊號不好的地方斷斷續續，偶爾還能聽到怪異女聲的嘶吼。

「沒事。」唐心訣冷靜地回報室友自己的現況，順便把擦拭完血跡的毛巾撕成無數份一個個教室扔進去：「我把它的口糧全扔了，現在正在發脾氣。」

張遊：『……關於意外情況解決方法的實施流程，找到了！』

她一字一句念出書上文字：『再次驗證身分的考生，准考證上需蓋教務處審批印章，並於第一科目考試前攜帶有效准考證進入考場，即視為驗證通過。』

鄭晚晴明悟：『是不是只要讓這幾人重新驗證考生身分，她們就沒有監考權力了？』

「不，遠不只如此。」唐心訣望著衝過來的一坨人形觸手，將流到眼角的血擦掉，輕笑道：「但在那之前，我們要湊夠所有先決條件。」

——能完美實施驗證流程，確保四位「監考老師」賓至如歸的條件。

好在規則書上寫得清晰明確，哪怕鄭晚晴也能一眼看出組成要素。

『時間和地點。』

「第一科目開考前，准考證對應考場。」

『人物和物品。』

「考生、准考證、教務處審核蓋章。」

和唐心訣一問一答流利對了一遍，鄭晚晴自信地一拍手：『萬事俱備只欠……咦？』

她這才發現還缺了一樣東西，而且是至關重要的一環：『教務處蓋章？這個要怎麼搞？』

唐心訣：「誰有時間誰來搞。」

鄭晚晴一怔，可她和張遊在躲鋪天蓋地的監考，唐心訣在逃離鬼怪追殺，誰也抽不出空閒，那唯一可能有時間的就只剩……

三人異口同聲：「郭果！」

郭果提心吊膽坐在考場中。

她手腕內側藏著一小串鑰匙，硬邦邦貼著袖口，所以她哪怕寫字時也要減小手腕活動幅度，生怕一個不小心被人發現端倪。

如果只有考場裡這兩名板臉監考還好說，但郭果最擔心的，還是那名至今沒露面的「主監考」。

就算這位鬼怪對她們來說不算陌生，甚至可以稱一句老熟人，她心裡還是下意識打鼓。

現在訣神不在身邊，晚晴和遊姐也不在身邊：能算計鬼怪的、遛飛鬼怪的、暴打鬼怪的正主都不在，只有她一個人，孤獨、弱小又可憐。

更何況她的異能還是陰陽眼！

她又不能靠眼睛把鬼怪瞪死！

等等，她能嗎？

鐘聲響起，郭果在緊張又混亂的思緒中交了卷，然後才極度悲傷地意識到：現在結束的僅僅是第二科考試。

也就是說，哪怕什麼都不做，她也要繼續度日如年地煎熬整整兩場考試，才能有機會脫離目前的情形……然後開始下一場考試輪迴。

不，她不能這樣坐以待斃！

袖子裡的小鑰匙是她被送回來時，那名姓蔡的神祕短髮女生消失之前留下的。郭果知道它必然能開啟這棟樓裡的某一扇門，否則短髮女生不會留給她。

可怎麼樣才有機會去試呢，主監考要是下一秒就出現該怎麼辦？

就這樣，她坐立難安地考完了數學。

然後，她惴惴不安地考完了下一科。

再然後……

最後一科英語開考之前，郭果終於後知後覺意識到，主監考好像根本沒有出來的意思？

從始至終，她見到的都是成群結隊出現的監考員、和她一樣絞盡腦汁也算不出題目的考生、一張比一張難的卷子，除此外堪稱風平浪靜。

然而外界越是平靜無波，郭果心裡就越忐忑，總覺得Boss會在暗地裡憋大招，甚至開始回憶自己從前有沒有得罪過它的地方。

努力回憶一大圈，她心如死灰：以六〇六與它的「深厚交情」，談個人的仇恨值已經沒有意義了。

如果換成她自己，被獵物三番兩次打敗、剝削、威脅恐嚇、拔光頭髮……現在又讓她們落在手裡，她一定會抓住機會報復回來的。

踩著最後一科的考試鐘聲，郭果盡可能慢地貼著牆根走，試圖找到一個可以遮風擋雨的最佳藏匿地點。

然而就在走到一處牆根轉角時，耳邊突然響起的聲音嚇得她一個趔趄，直接撞開了一扇緊閉的門！

短促倒吸一口冷氣，郭果扶住門檻慌亂抬頭，和房間裡一個正在啃雞腿的身影四目相對——怎麼對方看起來，比她還要目瞪口呆？

『喂，果果，妳能聽到我說話嗎？』

『喂，喂？不對，應該已經接通了呀……』

張遊喊了幾聲，聽到郭果那邊沒有反應，立刻察覺到不對勁：『果果身邊好像有人。』

唐心訣：『而且距離還很近。』

所以才使她不敢出聲回答。

她們猜的沒錯，郭果的確不敢開口說話。

因為就在她面前，屋裡的另一個人正瞪大眼睛看著她。

從她的角度看去，對方是一個圓臉豐腴的中年女性，正坐在鋪滿了空白考卷的地面上，剩下的考卷還包著幾隻油汁飽滿的雞腿，其中一隻正被對方掛在嘴邊，欲吃未遂地緩緩放下。

兩人誰都沒有先開口，任憑沉默在噴香四溢的空氣裡靜靜蔓延。

過了幾秒，郭果緊張地咽了口唾沫，終於在逃跑和面對之間選擇了後者，謹慎開口道：「那個……老師妳……」

下一個好字還沒出口，就被圓臉女老師迅速打斷：「這些卷子都是剩下來的，我可沒有違規哦，不許檢舉我！」

郭果：「……」

通訊另一端的三人：『……』

好傢伙，熟人一開口，就知有沒有。

儘管只有一句話，卻讓四人瞬間明白了這位NPC的身分。

那就是兩次三番在副本裡狹路相逢，六〇六寢室薅羊毛生涯中不可或缺的一部分，大學城非主流取名的代表性人物——殤櫻紅同學。

哦，現在應該稱之為監考老師了。

郭果一噎，目光從滿地油雞腿上掃過，最後定格在中年女性毫無鬥志的臉龐上。

小紅：「嗝。」

心虛氣短地打了個嗝，「女老師」終於試圖壯起身為老師的氣勢，清了清嗓子拉下臉問：「妳、妳不去考試，在外面逗留幹什麼？」

郭果：「……我想找廁所。」

女老師：「這裡不是廁所，這裡是我的休息室。妳這個學生好沒有禮貌，快走開！」

她用力揮手臂，疾言厲色喝斥郭果，但膽小的妹妹頭女生卻沒被喝退，反而一動不動扎在門口，小聲道：「老師，我還想吐。妳能幫我找個安靜的房間讓我吐一下嗎？」

女老師：「……」

她緩慢捋了下邏輯：「妳看見我，所以想吐？」

「不不不。」郭果連忙擺手，「我是本來就想吐，所以走路不穩，才不小心撞進來的。可能是考試時間太長，導致中暑了吧。」

女老師狐疑地看她一眼，終於慢慢挪動屁股。

然後，在郭果緊張的目光下，對方向旁挪了約半公尺左右，換個地方一屁股坐了下去。

「唉，不想動。妳讓妳那個考場的監考幫妳找房間。」

對方甚至一邊這麼說著，一邊調整身體角度，留給郭果一個圓滾滾的後背。

郭果再次沉默。

妳背對著我，我就聽不見妳對著雞腿咽口水嗎？

但這次，她乖巧應聲道：「好的，那我不打擾老師了。」

「哦，對了老師——」

已經半個身體退出去的郭果忽然轉頭，視野裡的女老師身體明顯一僵。

她問：「老師，您監考哪個班級呀？」

對方身體放鬆下來，慢吞吞含糊回答：「嗯……一樓第五考場。」

「那還挺遠的，辛苦了。」

郭果禮貌地後退關門。

輕微一聲響，門板重新隔絕兩個空間。回頭環顧四周，附近沒多出任何虎視眈眈的監考，走出好幾公尺依舊是靜謐空曠的走廊。

直到這時，她才敢把攥緊的手心鬆開，汗涔涔在衣服上擦了兩下。

——終於能喘氣了！

以監考身分出現的小紅緊張，郭果更緊張，生怕對方一時興起撲上來，下一個被包在考卷裡的「雞腿」就成了她自己。

後面頑強繼續甚至頂嘴的幾句話，與其說是她，不如說是唐心訣在和小紅對話。

她則負責把唐心訣的話隔著通訊器，用一種小紅不會懷疑的方式傳達過來，再從小紅的反應裡得到資訊。

走在危機四伏的教學大樓裡，久違的室友聲音是唯一能讓郭果感到安心的慰藉。

她距離小紅所在的房間不遠，還不敢開口說話，只能聽耳朵裡的討論。

張遊剛才靜靜聽完全程，此刻道：『小紅似乎不是很想找妳的麻煩。』

和其他三人考場的監考NPC比起來，小紅何止是不想找麻煩，簡直已經到了消極怠工的程度。而且很顯然不想讓郭果認出她的身分，寧可假裝是摸魚的普通考場監考。

要不是郭果誤打誤撞進了屋子碰到人，可能整場副本都找不到副本 Boss 的人影。

這還是她們認識的那個努力工作的小紅嗎？

唐心訣那邊不知道發生什麼，交待完話術就悶哼一聲消失了幾秒，此刻才再次出現，聲音聽不出什麼變化：『這就更方便我們了。郭果，蔡同學有留下什麼東西嗎？』

郭果反應一秒才意識到唐心訣說的蔡同學就是短髮女，頓時一驚：「訣神妳怎麼知道她給我東西了？」

唐心訣：『我猜的，她看起來很喜歡妳。』

郭果：「……」

『好了言歸正傳。』唐心訣轉回話題，將考試規則書和缺少教務處蓋章的事情簡潔敘述了一遍，最後直指核心：『蔡同學留了什麼？』

郭果：「一、一串鑰匙。」

好像正好對應上了？

張遊：『天將降大任於斯人也。』

唐心訣：『事成之後，麻辣雞爪拌優酪乳對半分。』

鄭晚晴猶豫了一下：『妳要是太害怕，等我下個輪迴一口氣打通四個副本再說也行，妳先記住誰欺負妳，我到時候過去……』

郭果：「……謝謝，我突然覺得還是自己來比較好。」

四個人雖然處在不同的副本空間，教學大樓構造卻一致。在其他三人的經驗指導下，郭果很快找機會溜到其他樓層，開始篩查符合鑰匙開鎖條件的房間。

蔡同學留下的鑰匙串裡總共有三個鑰匙，一個大得離譜，一個正常中等，一個十分迷你。

郭果簡單比量了一下，中間的鑰匙應當是用來開門，最小的鑰匙用來開櫃子。至於最大的鑰匙尚未找到用處，只能小心收好。

教務處蓋章，顧名思義，所處地點很可能在教務處。只要找到位置，這兩把鑰匙就會派上用武之地了。

『高中學校教務處樓層不會太高，可以先從低層找起。』

郭果覺得唐心訣說的很有道理，但走到一半忽然想起另一件事：「等等，如果這個蓋章，必須要由教務處的NPC來蓋怎麼辦？」

「……」

耳機那邊一片靜默。

半晌，唐心訣道：『到時候就讓晚晴打通四個考場去找妳吧。』

好在郭果的運氣一向不錯，擔驚受怕的時間並沒多久，就成功在一樓找到一間緊鎖的房門。

最重要的是，門左側牆壁掛著一塊已經掉漆掉得看不見字的牌子。根據她多年義務教育經驗，只有如辦公室、教務處這類地點才會設這種門牌。

「那裡是一樓五考場對面，我現在要進去了。」

郭果像個小蘑菇一樣蹲在牆角陰影裡，瞧準沒有監考出沒的短暫時間，一個箭步鑽了上去！

猶豫就會敗北，六〇六的希望就在她身上。沒有困難的副本，只有勇敢的果果！

鑰匙以迅雷不及掩耳之勢插進鎖孔，房間門順利推開，郭果直接小炮彈般衝進去，反手關上房門。

完美，一切順——利？

屋內景象映入眼簾，郭果猛地睜大雙眼。

在她正前方，滿地卷子堆疊狼藉，幾大塊烤雞腿擺在地上，其中一隻正被一雙小胖手捧到嘴邊準備大快朵頤。而這雙手的主人嘴剛張到一半，就因不速之客的出現而僵在空中——

小紅目瞪口呆看著郭果，臉上表情宛如見鬼。

梅開二度。

郭果腦袋裡短暫地空白一瞬，隨後在說自己走錯了和立即逃跑之間反覆橫跳，最後悍然決定先發制人：「老師，妳怎麼在這？」

小紅下意識放下雞腿，眼珠轉動著辯解：「這、這裡本來就是我監考的地方呀，我在考場附近吃……休息，不是很正常？」

更何況她也沒吃啊，一口都沒吃上！

說著說著，她圓溜溜的臉上浮現一絲委屈：都從五樓跑到一樓了，怎麼還能被找到？

「……等下，」小紅恢復一點理智，突然意識到不對，抓住還沒溜走的郭果：「那妳怎麼在這？」

「妳的考場不是五樓嗎？跑一樓來幹什麼？監考怎麼不攔住？」

屬於女監考的臉一點點垮下，蔓上一絲鬼怪獨有的陰翳：「該不會，妳是故意跑下來……」

郭果：「沒錯，我是故意下來吐的，對不起！」

她打斷小紅低頭認錯，肩膀緊張地縮成一團：「監考不讓我吐，我只好自己溜出來找沒人的地方吐，又因為找不到洗手間，一不小心就進了這裡……嘔——」

話音未落一聲嘔，方向對準了地上的雞腿。

小紅瞬間再次變臉，匆忙彎腰把雞腿撿起來，像老母雞一樣搧翅膀趕人：「快走快走，不要吐在我這裡，再不走我就叫監考過來把妳抓起來！」

郭果磨磨蹭蹭退到門口，腿卻始終沒真正挪出去，雙手還緊緊抓著門框，目光閃爍不定。

就在方才小紅說話時，她瞄到房間最裡側的一排櫃子，上面的鎖孔形狀和迷你鑰匙很像……

最重要的是，如果現在出去了，可能再也沒有進來的機會——小紅已經起疑了。

郭果心裡清楚，她現在還能全身而退只有兩個原因：一是小紅這次出於某種原因只想啃雞腿不想為難她。二是資訊差，被副本隔絕的不僅僅是六〇六寢室四人，鬼怪監考之間大概互不相通。

所以小紅不知道她們已經拿到了真正的准考證，不知道她們已經弄清了四名主監考的真實身分，也不知道郭果來這裡的目的是找關鍵道具——而一旦讓她意識到這點，撕破臉的時候就到了。

郭果掂量了下自己當前戰鬥力，臉色越發煞白。

死活不走肯定會引起懷疑，走了就會任務失敗，往前往後都是死，怎麼辦？

即時通訊另一端，張遊她們也沒了主意。唐心訣的聲音更是直接消失了好久，不知發生了什麼事，杳無音訊找不到人。郭果不敢開口問，一時間耳朵裡只能聽到鄭晚晴暴躁的聲音：『別管教務章了先退出來，等我把那個冰什麼藍揪出來就去找妳！』

郭果腦袋被震得嗡嗡響：「……」

張遊：『……行了，妳別把果果說得更慌了。』

她又對郭果說：『不過晚晴說的也有道理，妳一個人不是小紅對手，還是安全最重要。等到了第三輪迴我們再徐徐圖之……』

『砰！』

通訊裡突然爆發出一陣巨響，嚇得郭果迸出一聲短促驚呼，雙手下意識抱住門框，才反應過來自己喊出了聲。

正在整理東西的小紅被嚇得一個激靈猛轉頭，正好和無尾熊狀態的郭果對視。

兩人：「……」

郭果聲如蚊蚋：「其實，剛剛我不小心打了一下噴嚏。」

小紅：「我看起來像聾子，還是像傻子？」

這次她連雞腿也不收拾了，東西一扔起身走過來，一張陌生的肥嘟嘟臉龐慢慢靠近。

然而臉上那雙漆黑碩大的瞳仁，卻依舊能讓郭果回憶起某些熟悉的，被床帳貼臉的不愉快回憶。

郭果緩緩鬆手，咽了下唾沫：「老、老師，我要回去考試了。」

對方並不答話，面前黑咕隆咚的眼珠上下轉動一圈，呵呵冷笑一聲：「我千挑萬選選中妳，本來以為妳比較傻，看來被當傻子的是我啊。說實話，妳是不是已經知道——」

「知道什麼？」

一道清朗的聲音倏然從身後出現，郭果猛地一愣，高度緊張的大腦像被突然撥斷了根弦，空白了一瞬。

這是……

小紅也愣住，目光移動到郭果身後。同一時間，本來半關的門被另一股力量推開，露出了門後的身影。

滿身血跡的唐心訣靠著另一側門框，一邊熟稔地在手臂上纏繃帶，一邊微笑著朝她點頭示意：「老師好。」

小紅：「……」

靠。

「心訣！」

哪怕已經辨認出熟悉的聲音，真正回頭看見人時，郭果還是倒吸一口氣，臉上寫滿不敢置信：「妳怎麼會突然，妳不是……」

不是還在另一個副本裡嗎？怎麼會突然出現在這裡？

不只是她，張遊和晚晴在通訊器另一邊也直接呆住，好幾秒都沒回過神來。

「我在考場裡沒看見妳，又聽說妳身體不舒服想吐，就下來找妳了。」唐心訣自然而然接上話，「沒想到這麼巧，一下來就看到妳在和監考老師聊天。」

她悠然轉頭：「妳和老師剛剛在聊什麼？什麼傻子？」

只見屋內的「監考老師」默默後退一步，嘴角勉強向上提起，扯出一絲僵硬的笑：「是我。我才是傻子。」

唐心訣搖搖頭：「老師怎麼能這麼說自己呢，你們監考這麼辛苦，吃點東西休息一下也是應該的。」

她正好纏完一隻手，又開始用剩下的繃帶纏另一隻，慢悠悠道：「但是妳也看到了，我同學實在難受，恐怕只能在這裡暫時休息一下了。會不會打擾到妳？」

小紅更用力搖頭：「不不不，是我打擾妳們了。我這就走，妳們慢慢吐，不要著急啊。」

她彷彿燙嘴一樣吐出這一串話，話音還沒落到空氣裡，人已經風捲殘雲拘住所有雞腿家當，匆匆忙忙就要從兩人中間擠出去。

「需要幫忙嗎？」

「不需要！」小紅嗷一聲反射性向後縮，彷彿唐心訣是什麼洪水猛獸一樣。身體差點把郭果壓扁，還不忘記瘋狂推拒：「不用管我，妳們隨意，如果不想回去在這考試也行，我可以幫妳們申請兩人單獨監考，保證寬敞通風環境好。沒事沒事，這是老師應該做的。」

終於擠出門的瞬間，她人聲還沒消失，人影已經腳底抹油無蹤無跡。

郭果：「……」

她怎麼感覺小紅看到心訣後跑路的速度，比她看到鬼時跑的速度還快？

但無論如何，現在總算暫時安全了。

看見唐心訣將門關上，郭果也跟著長鬆一口氣，然而下一秒視線轉到唐心訣身上，這口氣又憋了回去：「妳怎麼受了這麼多傷？」

唐心訣渾身上下沒有一塊衣服不浸著血！

當她把外套撕下來，露出的肩胛和腹部傷口更加猙獰恐怖，更別提剛纏好繃帶的手臂……

郭果看得兩眼一黑，眼窩差點憋不住淚。

郭果只知道唐心訣在那邊有追逐戰，但不知道情況竟然這麼可怕——因為從沒聽到唐心訣喊半句痛，只有偶爾出現的冷靜對話。

所以當最後唐心訣聲音消失，郭果三人都以為她只是暫時不方便說話而已，沒想到直接空降大招？

『心訣，妳剛才把自己的副本打通了？』張遊連忙問道。

在考試中途強行進入其他考場只有一種可行性，就是如鄭晚晴一樣暴力打倒主監考，強行損壞考場。

這麼一看，那麼剛剛通訊裡突然爆出的巨響……

「哦，那是牆倒塌的聲音。」唐心訣把外套隨手一扔，語氣輕鬆地向郭果解釋：「是我考慮不周，忽略了妳要單獨來找重要道具的情況，所以就臨時更改了計畫。」

「但狂暴化的鬼怪有點難纏，所以我就想辦法把牆弄塌，讓她埋裡面了。」

郭果：「……」

用這麼輕快的語氣說這種事合適嘛！

她知道唐心訣沒有訴苦的習慣，把受的傷和戰鬥過程一帶而過。但一想到對方是為了自己才冒險過來的，鼻子就又開始發酸，往嗓子裡憋氣。

唐心訣一驚：「妳真的想吐？」

郭果脫掉外套幫她擦血，悶聲道：「沒，我就是覺得自己沒用，讓妳受了這麼重的傷。」

她要是變強點，再強一點就好了。

唐心訣沉默兩秒，無奈道：「別擦了，都是看起來嚇人的皮外傷，再擦就癒合了。」

郭果：「……」

沒時間多說，兩人很快言歸正傳，在房間裡尋找道具。

和郭果之前的觀察估測一樣，屋角書櫃的中間拉櫃部分的確是鎖著的，鎖孔大小和迷你鑰匙沒有差別。

逐個嘗試幾次後，很快找到了契合的鎖孔。

插進去的瞬間，唐心訣沒急著轉動，而是讓它靜靜停在那裡，轉頭對郭果說：「現在距離最後一科考試結束還有多久？」

郭果不明所以，抬起手腕看了一眼：「只剩最後五分鐘了。」

「好的，那做好準備了嗎？」

「什、什麼準備？」

唐心訣指了指下方：「這個櫃子打開，如果裡面有教務處印章，代表最後一個道具被我們找到，副本裡所有的NPC和鬼怪很可能會暴動。」

「屆時，那些普通人一樣沒有攻擊性的考生，不會主動攻擊妳的監考，還有一些我們沒接觸過的存在，都有可能成為索命的怪物。而我們要做的，就是在這裡到校門更新點的路程中，活下去。」

「想變強嗎？突破的機會來了。」

郭果：？

郭果瞳孔地震！

第六章 誰是考生

郭果想變強，但她著實沒想到「變強」的機會來得這麼快。

快到令人猝不及防，手心冒汗，小腿發疼，腮幫子還有點疼。

而且從描述來看，變強還是變鬼，這是個問題。

沉默須臾，郭果如牙疼般皺巴著臉緩慢抬頭，與唐心訣四目相對。

「……」

兩人同時噗嗤一聲笑了出來。

算了，鬼門關都走了不知道多少次，還有什麼好猶豫的？

害怕嗎？害怕就對了，舒服是留給沒被拉進遊戲裡的幸運兒，和已經在遊戲裡撲街的人的。

而對於已經在遊戲裡玩命的她們來說——郭果開始深呼吸活動筋骨，順便將陰陽眼開到最大範圍——搞就完事了！

五分鐘等待時間說長也長說短也短，短到不夠唐心訣出去隨手搶劫一個監考換身新衣服，但卻足夠讓鄭晚晴在通訊裡把四個Boss鬼怪全部人身攻擊一遍，最後得出罪魁禍首是小紅的結論。

『紅藍綠紫，名字全是非主流，她們分明就是一夥的！』鄭晚晴篤定道：『她一隻鬼怪打不過我們，所以這次拖家帶口叫外援，就是為了報仇。』

上次遇見坑走了她的右手臂，這次又要坑她室友去冒險，鄭晚晴越想越生氣：『別讓我碰到她！』

『我覺得晚晴說得對。』張遊眉頭也皺著，因為她無法到心訣和郭果身邊幫忙，只能在這裡乾等，乾脆將焦灼和怒意都轉移到鬼怪身上。

從唐心訣精神領域裡好幾個標記就可以看出，這幫鬼怪的報復心極強。

可如果她們每經歷一個副本，都要受到其中的鬼怪糾纏不休的報復，這還怎麼搞？

唐心訣靜靜聽著，時而點下頭：「有道理。我們之前以通關存活為主，對待鬼怪確實太輕拿輕放，從來不會迫害和趕緊殺絕。但有時對待敵人的仁慈，就是對自己的殘忍。」

郭果正緊張盯著倒數計時，聽到後有點困惑地抬頭：「訣神，我們上場比賽最後，血紅眼球都被馬桶吸盤吃了。」

要不是馬桶吸盤無法全咽下去，連一小塊都不會剩。

唐心訣面不改色：「合理薅羊毛的事情，怎麼能叫趕盡殺絕呢？」

郭果：「……」

好像也對。

她還沒繼續說話，房門外突然響起的敲擊拍打聲打斷了思緒。

「砰砰砰！」

郭果連忙低頭看抽屜，發現櫃門絲毫未動，並不是道具引發鬼怪暴動。

「訣神，外面……」

唐心訣掃了一眼，並不意外：「我們脫離考場太久，監考肯定會找上門來。門已經反鎖了，現在不用管它。」

郭果：「那什麼時候需要管？」

唐心訣：「門被敲碎了再管。」

「……」

錶上數字越來越少，敲門聲也越來越密集急促。兩人逐漸屏住呼吸，全部注意力集中在抽屜上。

就在倒數計時即將結束時，唐心訣忽然開口：「其實還有一種最好的可能性，那就是即便拿到了道具，副本也不會產生任何變化。要賭一把嗎？」

郭果剛做好準備的心情又像雲霄飛車一樣高高懸起，然後就見唐心訣擰動了鑰匙。

在考試結束的鐘聲中，抽屜「唠嗟」一聲被拉開，露出裡面一塊掌心大小的印章。

旁邊貼心標識：教務處審批蓋章，於此取用。

兩人對視一眼。就在這一瞬間，悠長的考試鐘聲瞬間變得尖銳刺耳，如警笛般高高鳴響！

與此同時房門也重重一顫，只見堅固的木板驟然四分五裂：露出外面密密麻麻，幾乎看不見縫隙的監考員，將兩人出去的路堵得嚴嚴實實。

唐心訣抄起印章：「好的，最壞的情況出現了。」

她毫不遲疑推動櫃子，郭果立即心領神會開始搬另一邊，兩人合力把碩大木櫃撞向門口，側翻的櫃子立刻砸倒一大片監考。

在剩餘監考填上來前，兩人踩著櫃子衝進走廊！

一進入走廊，唐心訣和郭果就立即感受到環境的變化。

如果說之前教學大樓只是若隱若現的陰冷，那現在如同置身冰窖。監考員附近更是冰冷得嚇人，郭果餘光不小心瞥到一個監考的臉，頓時頭皮發麻：這些人不僅嘴角和眼球布滿血絲，皮膚也開始僵白腐爛，行為動作僵硬無比，讓人直接聯想到從冰櫃中爬出來的屍體。

果然如唐心訣所說，這些本來還算正常的ＮＰＣ已經開始異化。先是監考，然後是……

一扇扇考場門轟然大開，身上爬滿屍斑的考生瘋狂湧出，向兩人撲來！

『教務處門距離教學大樓大門還有十公尺，從教學大樓門口到校門是三十公尺。』

張遊根據自己這邊的地形即時播報唐郭兩人進度。

這是十公尺？

郭果喘著粗氣轉頭看向前方，感覺在看一道天塹。

一波波浪潮般的變異NPC蜂湧到面前，瘋漲的惡意和腐爛的臭味令人頭昏腦漲。

好在唐心訣提前從櫃子上掰下幾塊木板，她在前面開路，郭果在後面擋著人潮，勉強能擠出一條路。

但這只是開始——一股不知從何而來的不詳預感在郭果心口攀升，她用陰陽眼觀察四周，很快發現了異常：「心訣，燈不對勁！」

正常看過去時還在正常發光的走廊燈，在陰陽眼中卻一盞盞飛速暗滅，彷彿有什麼東西在蔓延過來般，即將追上兩人的身影。

『我們這邊也聽到了奇怪聲音。』張遊對著通訊器急急道：『好像有什麼東西在爬，又像是電流在打火花。妳們那邊聽到了嗎？』

唐心訣拍飛一顆咬上來的腦袋，了然道：「看來那些東西出來了。」

郭果：「什麼東西？」

「還記得資料室嗎？那條走廊外面，藏在樓梯裡的那些不能見光的東西。」唐心訣擦掉眼睫上的血：「它們出來的速度比我想的還要快，跟我走。」

郭果感覺身體被向上一薅，轉頭見是唐心訣抓住她的手臂，清晰的聲音響在耳邊：

「我們不能從教學大樓大門走了。」

在那裡等待她們的絕不只普通怪物，還有黑暗生物和小紅。

通訊另一端的兩名室友一怔：『那妳們從哪走？』

「一個更近的出口。」

與此同時，通訊裡的怪物嘶吼聲猛地變大不少，就像突然貼近了距離一樣！

事實也的確如此。

如果她們此刻在郭果旁邊，就能看見唐心訣正抓住一個張大嘴嘶吼的考生，把他當人肉盾牌往最近的考場中撞，硬是撞開了條路。

臉被撞成簸箕的考生：「吼吼！」

然後他被唐心訣反手扔出門外擋住烏泱泱的人群，門隨後關上啪地落鎖，短暫隔絕開兩個世界。

「跳窗。」唐心訣言簡意賅。

郭果轉頭，四扇等距間隔的寬敞窗戶映入視野，而窗外景象盡頭，校門清晰可見。

——最重要的是，沒有鐵欄杆。

對啊！郭果恍然大悟，一個箭步就衝了上去。

誰說一定要從教學大樓正門走，跳窗戶不也一樣？

教室門在身後「哐噹哐噹」劇烈顫動。

唐心訣清楚這扇門承受不了幾下撞擊。但比起門後的NPC，更危險的是伴隨著電燈熄滅而蔓延的黑暗。

她剛從那裡走過一遭，知道裡面藏匿的是什麼怪物。

想擺脫這種怪物的追擊，唯一可行的辦法，就是離開封閉的室內，讓天光逼退寄生於黑暗的生物。

對方也意識到她們的計畫，那股陰冷潮濕的氣息猛然加快速度，撲入教室緊追不捨。

前面郭果已經碰到了窗戶玻璃，但窗戶關得很緊推不開，她剛要回頭找唐心訣，就聽見身後的厲聲：「不要回頭！」

郭果心頭一凜，一咬牙手上拚命用力，不管不顧硬是掰開了一條縫隙，在陰冷氣息舔舐上來之前翻身而下，在地上翻滾了兩圈才止住衝力。

「心訣我……」

她捂著差點扭斷的脖子急忙回頭找人，卻沒看到唐心訣的身影，出來的窗戶不知何時又緊緊關上，裡面只剩下一片漆黑。

「心訣?心訣!」

郭果一怔，撲上去瘋狂掰窗戶，原本已經充血的指甲縫開始滴血也恍若未覺。

『別擔心，我馬上出來。』

當熟悉的聲音重新出現在通訊裡，郭果差點哇地哭出來，為了不影響說話硬是憋了回去:「我在這裡等妳，需要幫忙嗎?」

現在唐心訣就算說要殺人放火，她也絕對第一個遞油桶!

唐心訣:「我要放一把火，妳看著點別讓其他怪物跑出來。」

郭果:「……好。」

等等，唐心訣怎麼搞到火的?

這個問題的答案還沒思考出來，一道灼熱耀眼的光劃破了玻璃窗內的黑暗。

轉瞬蔓延到窗前的火舌讓郭果微微後退，緊接著在一片陡然拔高的扭曲哀號中，看見了房間內熟悉的身影。

而幾乎是同一時間，遠處教學大樓大門方向，小紅的尖叫聲劃破空氣遙遙傳來:「唐!心!訣!」

比防空警報還響的聲音環繞在空中，小紅的動靜漸漸遠去，似乎急匆匆進了教學大樓更內側。

顯而易見，她去阻止唐心訣放火了。

正如唐心訣之前預料的那樣，教學大樓大門處果然匯聚了一大批守株待兔的ＮＰＣ怪物。此刻他們全都被吸引著湧向樓內，將從教學大樓到校門這段路空了出來。

『離遠點。』

唐心訣忽地出聲，郭果連忙後退。下一秒玻璃窗劇顫幾下，隨即「嘭」一聲爆裂碎開，一個女生身影輕巧地從裡面翻出落地。

女生起身後絲毫未停：「跑！」

放火只能短暫吸引怪物的注意力，等意識到老家被燒，它們會更加瘋狂追出來。

而她們要抓住的機會，就是在這空隙中跑到校門外！

兩人拔足狂奔，背後很快出現沖天的嘶吼和滾燙氣流，以及巢穴倒塌般，蜂蟻傾巢而出的震顫感。

感受著後背的灼熱，郭果還是有些不敢置信：「火是怎麼來的？」

她之前怎麼完全沒注意到？

唐心訣：「這些ＮＰＣ的血可以當燃料，之前打架時發現的。打火機是從一個監考身上摸出來的。」

她一邊跑一邊拍掉身上玻璃碎片，順便抖了抖口袋，裡面各種東西嘩啦啦掉了一地。

郭果：「……」

妳到底洗劫過多少個考場？

交談和思考間，不過一眨眼的功夫，校門已經近在咫尺。郭果一抬眼就能看到門外正在等待的無數「家長」。他們面無表情目光森冷，一動不動注視著越來越近的兩人。

儘管理論上知道這些NPC接觸不到自己，考生一踏出校門就會立即被傳送——但看著即將到達的終點，郭果心頭還是忍不住一陣發涼。

「各位辛苦了。」

唐心訣卻非常自然地朝外面一點頭。隨即拉住郭果，就著漫天火光和身後烏泱泱的考生人群一躍而出：「考試結束了，畢業快樂！」

「歡迎來到高等升學考試。請考生接受檢查，並依照相應准考證進入考場，不得違反考試規則……」

平靜的機械女聲在廣播內循環播報著。

四面環繞播報聲的一樓大廳內，四個高矮胖瘦各不相同的女人面對面站立，氣氛陰沉而詭異。

最左側頭上有藍髮挑染的女人率先張嘴，說話時臉上的每一塊肌肉都在憤怒抖動：「氣死我了，妳們不知道那個戴眼鏡的面癱臉在我考場做了什麼，我要殺了……」

不等她說完，旁邊的國字臉就打斷她，冷靜插話道：「我被釣魚洩露了身分。」

其他三人被轉移注意力：「然後呢？」

國字臉：「然後那個有鋼鐵拳頭的暴力狂就把我打死了。」

三人：「……」

中間身體偏胖的圓臉女沉默兩秒：「才第二輪迴，妳就被單殺了？」

國字臉咬牙切齒：「我也想知道為什麼。所以等等這個人留給我來殺，我要親自報仇。」

「沒錯！」藍髮女緊跟著開口，整個人暴跳如雷：「這個人我也遇到了，妳們不知道她在我的考場裡做了什麼……」

琉璃紫神色終於稍緩：「藍藍，我知道她被傳送去妳的考場了，妳把她殺了嗎？」

冰藍藍：「哦，沒有，我跑路了。」

三人：「……」

「妳腦子有問題嗎？」偶爾不暴躁時的冰藍藍十分冷靜：「妳只面對一個人都被打死

了，我要面對兩人，我不跑路，陪妳去死啊。」

「行了。」臉上一直掛著假笑的女老師輕輕一揮手，溫和道：「過去的事情就過去，考試馬上開始，她們要來了。」

四人安靜下來。過了幾秒，冰藍藍倏地反應過來：「別告訴我妳也……」

莉娜綠溫聲細語：「再說一句，我就讓妳也被牆壓死一次試試。」

四人再次安靜下來。

過了幾秒，三人同時轉頭看向沒怎麼說話的圓臉女。

「小紅，妳怎麼不說話？」

小紅有氣無力：「我在想回去以後怎麼燒死妳們三個傻子。」

「當初我怎麼說的，不要靠近這個變態寢室會變得不幸，是誰說一定能幫我報仇雪恨的？」

「是誰不相信我說的話，是誰和我說四個人一對一絕對能虐殺的？」

寂靜半晌，冰藍藍幽幽道：「那個膽子最小的短頭髮不是妳自己選的嗎，妳說妳們兩個禿禿相惜。」

小紅崩潰：「那妳們倒是牽制住其他人啊！最後全跑到我這來開 party 呢！尤其是那個唐——」

她的聲音戛然而止，四名監考同時噤聲轉頭，望向校門方向。

廣播還在一成不變地循環，但它們卻能「聽到」某種變化。

那是考生入場的聲音。

一瞬間，所有異變從她們身上浮現：人類的皮膚寸寸融化脫落，露出焦黑的骨骼和內臟，影子滲出地表化成漆黑膿液，飛快鑽入她們腳底。

兩顆眼球從莉娜綠眼眶中流下，像觸角般長長蔓延到樓外。冰藍藍抓著頭髮向前撲倒，落到地面時只剩下空蕩蕩的衣物，地面則多出一條長長的黑影。

黑影歪了下腦袋：「姐妹們，我皮比較脆先走一步，在下面隨時支援妳們哈。」

小紅：「妳藏個屁，姓唐那變態有精神系異能，閉著眼睛都知道妳在哪。」

冰藍藍：「無語，不早說。」

它重新在地上匯聚，然而剛鑽進衣服裡，四肢還沒塑成人樣，一抬頭就發現旁邊空了一塊。

小紅呢？

大廳所有反光平面同時顯現出一道影子，小紅在裡面厚臉皮道：「我找一下視野，有問題隨時支援哈。」

冰藍藍：？

她還沒來得及從地上爬起來，大廳門口光線陡然一按，四道人影邁了進來。為首的高馬尾女生面容頗為陌生，既不是上來就要捶她的暴力女學生，也不是氣人的面癱眼鏡女。

恰恰相反，對方不僅身材看起來單薄無害，氣質也十分溫和近人。冷白色皮膚上掛著輪淡淡的黑眼圈，眼下浸的笑意看起來比莉娜綠真誠許多。

乍一眼看去，竟然和腦袋裡的名字對不上。

旋即下一秒，這個女生就笑意盈盈和它點頭打招呼：「第一次見面就這麼客氣？磕頭也要五體投地，比小紅有禮貌多了。」

冰藍藍：「……」

確定了，這傢伙就是那個唐心訣！

她「啰吧」一聲把下顎撐出兩個頭顱大小，憤怒的尖叫聲剛從黑洞似的嗓子裡匯聚，一道旋風就從她旁邊平地颳了過去，鬼氣森森直奔唐心訣面門——

莉娜綠直奔主題，殺意濃郁：「死！」

很多時候比起直接殺人，鬼怪更喜歡折磨人，充滿惡意看著對方精神崩潰，再滿意地收割殺死。

但這次面對六〇六四人，鬼怪們顯然拋棄了所有花裡胡俏的方法，一心一意速戰速決。

——如果繼續糾纏，它們怕先精神崩潰的是自己。

唐心訣四人也毫無懼意。考試更新狀態回滿，異能恢復再升一級，已經讓她們有了正面打的底氣。

當然，最重要的是從新輪迴開始，四人在同一個校門前看到彼此的那一刻，就已經知道了副本的明示。

她們已經贏了。

大廳內短兵交接又一觸即分：唐心訣直接用精神力控住莉娜綠的肢體，鄭晚晴一拳捶開琉璃紫，張遊一帳本精準拍住了試圖偷襲的冰藍藍。

場面僵持一剎，又在郭果的驚呼中打破——在小紅從地底抓住她雙腿那刻，綠藍紫三隻同時轉移方向，全部撲向了她！

被四面夾擊的郭果：「……」

一個個看起來很厲害的樣子，結果就挑軟柿子捏？

四道攻擊交疊落在身上，好不容易恢復的防護罩頃刻爆裂。好在裡面緊隨其後亮起一簇白光，郭果捏著吊墜直接開大：「都給我淨化！」

欺負輔助沒異能嗎！

在鬼怪暫時被強淨化控住時，四人二話不說分頭就跑。唐心訣上三樓，張遊、鄭晚晴則奔向四樓，郭果飛竄上五樓，身後跟著緊追不捨的四鬼怪。

小紅在牆壁中遊走得最快，眼見就要抓住郭果，忽地聽耳邊「梆」一聲，一股熟悉的強大吸力從牆外湧來，竟硬是將她牢牢吸住，甚至有向外抓的趨勢。

大事不妙。

小紅心頭登時一沉，劇烈掙扎中向外一瞅，果然見到記憶裡一模一樣的橡膠頭。

馬桶吸盤！

副本怎麼判斷的？憑什麼第三輪就放這種殺器出來？

還有天理嗎？還有人性嗎？

她想求助同伴，但同伴已經追六〇六其他三人不知蹤影，靠自己又胳膊擰不過大腿，只能含淚被馬桶吸盤吸了出來，任憑吸盤一路把她拖進考場。

沒事，惡鬼報仇十年不晚，等到考試開始她就可以用監考的身分……

『叮咚——』

『考生准考證通過審核，身分已載入，考試開始！』

這通知聲好像有點奇怪，小紅迷迷糊糊中想到，前幾輪似乎沒聽到過……嗯？

她猛地睜大雙眼，雙手瘋狂摸臉，為身體發生的急劇變化大為震驚：「發生了什麼，這是怎麼回事？」

她不知何時脫離了馬桶吸盤的束縛，全鬚全尾跌坐在地面上兩秒，才後知後覺從袖子裡找到一張不知何時被塞進去的紙。

打開紙張，方正碩大的字體蹦入眼簾：

高等升學考試准考證。

教務處特別蓋章審批。

姓名：殤櫻紅。

唐心訣溫和的聲音自頭頂落下：「恭喜妳，從現在開始妳不會被馬桶吸盤吃掉了，因為它不吃普通考生。」

「同學，歡迎來到升學考。」

「……」

小紅兩眼一黑。

第七章　蔡老師

教學大樓四樓，幾道身影飛掠而過。

冰藍藍、琉璃紫先後追著張鄭二人衝入四〇七考場，它們忌憚鄭晚晴的拳頭，一進教室就直奔張遊而去。

『叮咚，考生身分通過審核！』

它們沒在意突然想起的廣播，只注意到另一件奇怪的事：張遊這次竟然不躲不避，甚至還主動伸出手，一巴掌扣住了冰藍藍的腦袋？

冰藍藍：「妳竟敢！」

它跳起來就要憤怒地啃張遊脖子，同時後知後覺意識到一個問題。

……它怎麼好像，變矮了？

冰藍藍分明記得，自己這具監考身體的設定是一八八孔武有力，怎麼可能被不到一百七的張遊輕鬆扣住腦袋？

她愕然抬頭仰視，在視線咫尺處看到張遊一如既往冷淡的面孔，那雙平光眼鏡後面似乎閃著詭異的光：「妳們輸了。」

胡言亂語！

冰藍藍冷笑一聲繼續攻擊，但這股笑轉瞬僵在了臉上。

——她沒有生氣。

——攻擊也沒有成功落下去。

隨著監考員設定帶來的，鬼怪無法違抗的影響竟然消失不見，白骨森森的利爪拍到張遊肩膀時變成了普通手臂。當張遊側身閃開，冰藍藍甚至一個重心不穩磕到了桌子上。

「啊啊啊，妳們要打架出去打，不要弄掉我准考證！」

被磕到桌子的考生一臉驚恐把冰藍藍推開，連忙嘟嘟囔囔撿起准考證，準備捅了捅冰藍藍：「喏，妳的准考證也掉了。」

「妳敢擋我？我是監考官！」

冰藍藍睜大眼睛看著這個考場等級最底端的NPC。

「我還是巡查組呢，妳有病快去治，不要影響我考試。」考生眼睛睜得比她還大：「妳准考證上白紙黑字寫著名字和照片，位子還在我後桌呢，妳告訴我是監考，妳怎麼不說妳是鬼？」

准考證被塞進手裡，冰藍藍舉起來一看，瞳孔赫然收縮：「這不是我，不對，這是我，這……」

「這怎麼可能？」

琉璃紫不敢置信的喊聲比她更早響起，兩鬼回頭面面相覷，在彼此震驚的瞳孔裡看到了自己此刻的模樣。

與監考員截然不同的本體狀態。

……或者說，是本體的人類狀態！

鄭晚晴把琉璃紫手裡的准考證抽出來看了一眼，嘖嘖稱奇：「原來妳本體長這樣啊，娃娃臉看起來像十歲小孩。還有妳，咦，好矮呀。」

她比量了一下冰藍藍的頭頂，正好到自己胸口，大概不到一百五。

要不是親眼見到鬼怪形象的剝落改變，就算以後再見面，她們也沒辦法將眼前的娃娃臉和蘿莉與剛才的中年國字臉、高個女老師聯想起來。

鄭晚晴感慨：「妳們遊戲的副本真是越來越狗了啊。」

張遊淡淡接話：「至少現在看見了本體，以後再遇見，認鬼就更方便了。」

琉璃紫和冰藍藍：「……」

「安靜！這裡是考場，妳們幹嘛呢？」

幾名監考匆匆趕進門內制止四人，藍紫兩鬼立即發現，她們連監考都無法控制和命令了，對方甚至能輕而易舉鉗制住她們。

「放開我，我不是考生！」認清發生什麼後，琉璃紫瘋狂掙扎：「我連高中都沒上過，怎麼可能參加升學考！」

張遊冷笑一聲推了下眼鏡：「妳們連升學考都沒參加過，不也來當過我們的監考？」

「……」

「我們已經在考生系統裡找到了妳們登記的身分資訊，證據確鑿，妳們不要狡辯了！」

監考員不給藍紫任何掙扎餘地，強行壓著她們坐到考桌前，兩個鬼怪像瞬間被某種規則束縛了手腳：儘管面目扭曲得像要裂開，手上卻只能顫顫巍巍拿起筆，被迫開始考試。

「真是謝謝妳們，幫忙將這幾個不好好參加考試的學生抓了回來。」

再面對張遊和鄭晚晴時，監考員們態度大轉，將准考證遞回來笑呵呵道：「妳們的考場不在這裡，上六樓看看吧。」

兩人互相望一眼，再看向自己的准考證，只見上面的考生資訊也發生了變化：

大學城高等升學考試准考證。

考場：六〇七教室。

六〇六四人在五樓匯聚時，唐心訣正在幫郭果把寧死不屈的莉娜綠塞回教室裡。

「我不考試！我不！」

頭髮綠油油的女鬼抱住門框死不鬆手，被唐心訣一根一根掰開：「考試兩天，輕鬆四年，努力一次，幸福一生。」

其他三人：謝謝，DNA動了。

莉娜綠破口大罵：「妳當我傻，這副本是個無盡輪迴，只要妳們不結束，我考到死都出不去！」

唐心訣點點頭：「沒關係，忍一忍，一輩子很快就過去了。」

莉娜綠：「……」

最終她還是被監考拖了進去。臨走前仍能感受到她怨毒的目光正死死盯在唐心訣身上：「我做鬼也不會放過妳！」

「是嗎？」唐心訣微笑起來：「沒關係小綠同學，有事記得喊我名字，我叫唐心訣。」

考場門重重關上，隔斷了裡面所有聲音，也包括一度令四人如置身噩夢的考試輪迴。

郭果終於長舒一口氣：「我們下次應該不會又回到這裡吧？」

她覺得自己已經快患上PTSD了，要是再輪迴一次，可能會當場崩潰。

唐心訣：「現在擁有考生這身分的不是我們，這份無限考試的責任，自然也該別人來接替體驗了。」

至於接下來等待她們的「考試」……

四人望向六樓方向，原本五樓即封頂的空曠大廳不知何時多出一座紅木樓梯，靜靜矗立在視野盡頭。

與上一次「上六樓」不同的是，這次樓梯上沒有亟待獵食的鬼魅，精神力掃過去乾乾淨淨，安全得有點出人意料。

走入六樓，整條寂靜的走廊只有一扇門，門虛掩著，標著六〇七的紅木牌懸在上方。

唐心訣用精神力試了試，搖搖頭：「看不見裡面。」

這就好像在走九九八十一難，即便千辛萬苦走到最後，也永遠無法預料下一難裡有什麼。一時間四人神情有些凝重。

沉默須臾，郭果率先吐出一口氣，勇敢站出來：「我來開門吧，驅魔和淨化技能還有餘量。」

鄭晚晴立刻伸手攔：「妳防護罩都碎光了，放著我來。」說著就要召喚鋼鐵拳頭。

「不行，還是我……」

唐心訣和張遊對視一眼。果不其然沒過幾秒，毫不意外聽見郭果和鄭晚晴為「誰先推門」這件事吵了起來。

她們擼起袖子一人拎著一邊，把爭執的兩人薅到後面，免得她們不小心誤傷到門。

「別吵了，還考不考，不考就出門左轉。」

一道冷冷的男聲忽然橫空落下，幾人立即噤聲停下動作。空氣安靜下來的同時，門也「吱呀」一聲自動打開。旋即，一間空曠的教室出現在四人面前。

放眼望去，教室裡面平平無奇，看起來就是一個普通的考場，除了正坐在椅子上的……一顆眼球？

講臺後方，一顆半人高的巨大白色眼球將椅子擠得滿滿的。隨著教室門打開，眼球上的灰色瞳仁似乎還掃了她們一眼，冷淡的男聲再次響起：「進來吧。」

四人：「……」

如果她們沒看錯，這顆眼球剛才是不是翻了個白眼？

八目睽睽下，眼球又翻了一個更明顯的白眼，聲音充滿不耐煩：「還不進來，大學等級不升了？要我下去恭迎妳們嗎？」

郭果咽了下口水：「您是……」

「我是妳們本場比賽的監考老師。」眼球涼涼道。

「恭喜妳們來到大學城升學考試現場，既然人都到齊了，那麼現在，考試開始。」

白色眼球話音方落，考場門自動閉合，四張卷子浮現在空中，依序落在第一排正中央桌面上。

「考試規則：一人一張卷子，答卷時間三十分鐘，不許交流，不許作弊，不許場外求助，不許打擾監考老師，不許提前或延遲交卷。」

「違規懲罰我懶得說。現在，妳們每人有一次問問題機會。當我不想回答了，三十分鐘倒數計時就會開始。」

……真的就是單純來「考試」的？

六〇六四人交換了眼神，唐心訣率先開口：「這張卷子獲得多少分，可以讓我們晉升到二本大學？」

眼球意味不明哼笑一聲：「那就要看閱卷老師的標準了。如果某一道題的閱卷者非常『喜歡』妳們，那麼它的保送能力在哪裡，妳們的升級就會落在哪裡。」

這個回答的訊息量甚至比問題裡的還多，唐心訣目光閃爍一下，心裡略微有了點數。

張遊第二個，她沉吟著發問：「我們在答題過程中會受到攻擊嗎？」

眼球：「如果消耗腦細胞也算攻擊的話。」

郭果：「我們答完卷子就能回到寢室嗎？」

眼球：「妳現在不想考了也可以回去。」

只剩下最後一個提問機會，所有目光都落在鄭晚晴身上，鄭晚晴張了張嘴一時間實在想不出該問什麼，乾脆憑直覺問道：「你為什麼是眼球形態呀？」

從她們進入遊戲開始，幾次三番看到各式各樣的眼球：有屬於鬼怪的紅黃眼球，也有輔導員變成的紅眼珠，現在又碰到一顆大白眼珠子，現在都快對眼球脫敏了。

她甚至開始懷疑：該不會大學城裡的老師全都是眼珠子吧？

白色眼球：「……」

它看起來有些無語地沉默兩秒，最終沒選擇直接忽略，言簡意賅回答：「免得妳們還沒考試就當場暴斃。」

說完這句話眼球就不再開口。灰色瞳仁也不知轉去了哪裡，巨大一顆除了眼白還是眼白，看起來彷彿睡著了。

而在它身後黑板上，一道碩大的倒數計時顯現而出，開始一秒一秒減少。

答卷開始！

四人按照准考證飛速找到自己位子。唐心訣一落座，就感到有道無形的屏障將四面隔住，考桌外的一切變得不甚清晰起來。

格外清晰的，是卷面上第一行大字。

簡答題：

一、《四季防護指南》中，排行第七的收割者叫什麼名字？

唐心訣：「……」

她視線繼續下掃：

二、《衛生突擊檢查》中，宿舍衛生條例第九條規定是什麼？

三、《公路旅行須知》中，瑪雅斯奶奶的湯料最終會運往哪裡？

雖然隔著屏障看不到其他三人的表情，但唐心訣不難想像此刻考場裡沉默且複雜的氣氛。

一是因為，這場考試竟然真的只是字面意義上的「考試」。

二是因為，要考這種卷子，還不如讓她們去和鬼怪對打。

——這些題目就離譜！

唐心訣粗略看了一遍，發現這種題還算好的，至少出題範圍是她經歷過的副本。而越往後，題型就越千奇百怪：

選擇題：《喪屍圍城之宿舍生存實驗》裡，以下哪個物品是第五天的喪屍咬不開的？

判斷題：《大學體育測試》中，八百公尺長跑裡的「公尺」其實有八一一公尺，因為體育老師年紀太大糊塗數錯了。請針對這句話判斷對錯。

計算題……

唐心訣面無表情把前面能答的答上，能猜的猜掉，宛如無情的做題機器般刷刷掃過，轉眼就來到了最後一道題。

自由寫作：請根據你的經歷見聞，以〈我的老師XXX〉為題，描寫一位大學城內的老師。字數不限，最後將從準確度、情感表達、文筆內涵等方面綜合給分。

她轉筆的手指一停，終於露出絲笑意。

加分題來了。

在一堆不會的題目前，三十分鐘既漫長又短暫。當最後一秒倒數計時在黑板上歸零，四人周身的無形屏障立時消失。

一臉恍惚的考生們抬頭，見桌上卷子漂浮升空向前飛去，最後落在講臺上。

白眼球好似才從小憩中睜眼，灰色瞳仁重新從眼白裡冒出來，淡淡掃了卷子一眼：「哼，就這種水準，還想升……嗯？」

它視線落在一張卷子上，雖然只有一顆眼球，卻令人莫名感受到一股詭異的情緒。

定睛看了半晌，白眼球的目光移到唐心訣身上：「算妳有點東西。」

唐心訣頷首：「謬贊了。不過現在考試已經結束，您也馬上就要離開，不知道我能不能再問一個問題？」

白眼球矜持道：「看在妳讓我看到一點有趣東西的份上，可以額外允許妳再問一句。」

「那麼請問老師，能不能把我識海裡的精神標記移走？」

室內陡然一靜。

此話一出，其他三人登時倒吸一口氣轉過頭來，考試題目的摧殘瞬間被另一重震驚覆蓋：唐心訣識海裡的標記，和這個白眼球監考有關？

她們相信唐心訣不會無的放矢，突然發難必然事出有因。鄭晚晴差點直接把拳頭換上，卻被唐心訣按住了肩膀。

只聽唐心訣道：「精神標記是剛放進來的，只不過我恰好主修精神異能，因此察覺到這一點。」

「雖然我相信老師沒有惡意，但識海裡已經有了四道鬼怪標記。要是再多一重，精神領域恐怕很難支撐異能升級了，希望您能諒解。」

當面戳破後又不緊不慢解釋完，唐心訣靜靜等著對面回答，

沉默半晌，眼球才重新出聲：「妳的異能不是那個物品類異能嗎？」

唐心訣：「哦，精神力是我自主覺醒的。加個輔修比較方便就業嘛。」

白眼球：「……」

片刻，它冷哼一聲：「撤掉了。」

唐心訣笑笑：「謝謝老師。」

空氣又重新安靜下來，四人誰也沒先說話，白眼球一言不發翻閱卷子，過了幾秒忽然開口：「放個標記只是因為看到妳身上標記太多，覺得有點意思而已。怎麼能和鬼怪混為一談？」

唐心訣點頭：「理解。」

白眼球：「……」

妳看起來一點也不像理解的樣子。

面對唐心訣敷衍的態度，灰色瞳仁似乎好幾次想翻上去，但又因為理虧的的確是自己而無法發作，只能盯著卷子，試圖從上面找出點問題。

又僵持了不知道多久，眼球才把卷子往空中一扔，看著紙張消失在空中淡聲道：「幫妳去掉一個鬼怪標記，選一個吧。」

唐心訣像是準備這一刻很久了，立刻毫不猶豫道：「有一個化形為銀色戒指的標記，請抹掉它，謝謝。」

白眼球：「……」

妳在這等著我呢？

面對有點惱羞成怒的眼球監考，唐心訣心平氣和地闡述：「話不能這麼說，老師。我的異能是精神而非預知，發現您放了標記時，我也很意外啊。」

——可以說是意外之喜了。

「……哼。」

白眼球不想再說話，灰色瞳孔將唐心訣的身影映入其中，下一秒突然開始旋轉收縮。還沒等眾人看清，瞳仁又恢復正常：「妳確定要撤掉那個戒指？」

唐心訣敏銳反問：「老師發現什麼了？」

「那個黃色眼球，妳應該知道。」灰色瞳仁盯過來：「如果妳想按照危險性根除，為什麼不選它？」

「我覺得它還有一些研究價值。」唐心訣毫不掩飾：「另外，玻璃瓶和白膠帶標記所屬的鬼怪我都見過。但銀色戒指最近相對不太穩定，來源又難以確定，所以才想讓您幫忙抹除。」

數個副本前，她第一次在輔導員幫助下進入識海，看見這幾樣標記時，曾經推測過幾樣標記的來源。

玻璃瓶屬於三年一班的李小雨，黃眼球來自第一晚的眼球怪。至於戒指和膠帶兩件陌生物品，她猜測前者是公路副本中的伍時，後者則身分不明。

但隨著精神力逐漸升級強化，她對這些標記的感知進一步清晰起來，反而推翻了一部分猜測：從氣息來看，銀色戒指更趨向於黑暗生物的陰冷，白色膠帶反而和玻璃瓶近似，更像是學生鬼怪的作品。

如果可以減去一個標記，她自然首選全然未知的黑暗生物。

白眼球點了點瞳仁，數秒後再開口：「行了。」

唐心訣立刻將精神力探入識海，裡面果然只剩下三種標記，不見銀色戒指的蹤影。

「謝謝老師。」這次她笑得十分真誠。「不知道怎麼稱呼您？如果以後有機會一定好好感謝。」

白眼球：然後等著妳下次再敲詐勒索？

它直接略過這一段：「我幫妳已屬違規，這件事不能對任何人說，否則……」

「如果我說出去，就開除學籍墜為鬼怪，永遠無法逃脫。」唐心訣信誓旦旦。

眼球這才哼一聲，碩大的球體轉瞬從原地消失，空氣裡只剩下聲音：「考試結束，打開考場門妳們就可以離開這裡，到時候就知道成績了。」

郭果精神一振：「我們回到寢室，這個副本就澈底結束了是嗎？」

「是。」

唐心訣：「那如果我們在這裡不走，是不是理論上，副本就不會結束？」

空氣：「……」

聲音終於忍無可忍一口氣說完：「這間考場與外面的考場時間流速為一比一百，兩小時後會自動關閉，屆時妳們也會被傳送回寢室，在這中間妳們愛走不走。」

反正它走了，再見！

空氣裡澈底沒了音訊，偌大教室只留下六〇六四人，四人互相對視一眼，終於吐出口氣鬆弛下來，跌坐在椅子上。

打怪時身累，考試時心累。一場副本下來的疲憊感快與寢室友誼聯賽不相上下了。太累了。

張遊忽地開口：「心訣，妳不打算現在就回寢室嗎？」

唐心訣仰頭靠在椅背上，眼皮半闔著：「我們在這裡待一小時，外面考十次。」

其他人立刻心領神會：既然她們不會有任何損失，那麼多讓紅藍綠紫多體驗升學考的美妙，又有何妨？

四人立刻癱得澈澈底底，每人都選了最舒服的姿勢，或趴著或躺著，寧可什麼也不幹也要讓這兩個小時自然流逝。

郭果把腦袋埋進袖子裡：「我先睡一覺，等回寢室了叫我。」片刻。

她猛地抬頭抓住頭髮：「不行，我現在一閉眼腦袋裡就是卷子裡的題目，根本睡不著嗚嗚嗚！」

一轉頭，只見其他三人也毫無睏意，誰不是呢。

「我這輩子都沒做過這麼變態的卷子。」郭果痛苦不堪：「它甚至比期末數學還變態——我怎麼可能知道收割者的名字？我連它們臉都沒見過！」

鄭晚晴咬著嘴唇，重重嘆一口氣：「我……我前面交了白卷。」

她從幼稚園開始到現在，就從來沒交過白卷，萬萬沒想到竟然在今天這張卷子上栽了。

張遊也揉著眉心：「這些題角度很刁鑽，就算猜也很難猜出來。只有最後一道寫作題還有一點發揮空間，但是……」

但是她們雖然經歷的「課程」不少，見過的鬼怪一大堆，這些課背後的老師卻一個都不認識，更別說熟了。

見都沒見過，怎麼寫？

「誒，其實，如果不是那麼嚴格的話，我們認識的老師的確有那麼一個……」

郭果緩緩放下手，頂著一頭雞毛和三人面面相覷，最後異口同聲：「輔導員！」

「阿嚏！」

在某個不知名區域中，一顆巨大無比的血紅眼球正在努力趕路。

眼球旁邊飄著幾張寫滿亂碼的學生檔案，但從它「眼中」看去，這些檔案上都扣著一個大戳：待走訪。

今天也是努力工作的美好一天！

——如果沒有這些噴嚏的話。

紅眼球陷入沉默。

理論上，它是一顆眼球，它不會打噴嚏。

可為什麼……

就在這時，檔案前方的空氣突然撕開一條裂縫，從裡面掉出一張紙。

……升學考試試卷？

這玩意和它有什麼關係？

它還沒來得及打開看，裂縫裡突然又掉出一張卷子，然後是第三張、第四張……

紅眼球：？

它心中生出一絲不詳預感，旋即在卷子上看到了批閱的部分——我的老師：輔導員。

還好還好，眼球鬆一口氣向下瞥。然後便在考生姓名欄上，看到了熟悉的名字：唐心訣。

「……」

它沉默須臾，將瞳孔撥回答題區域。

我的輔導員蔡老師，是大學城裡一位兢兢業業、和藹可親的教育工作者。她經常拖著矯健的眼珠子身軀，去新一屆學生們的寢室觀察走訪。

正拖著眼珠子身軀奔在走訪路上的紅眼球：「……」

她經常路見不平匡扶正義，幫助學生趕走鬼怪。

曾經將學生當做鬼怪並差點將其就地正法的紅眼球：「……」

她還為學生的學業細心操勞，認真指引。在我們的學習和升等考試之路上，貢獻了不可或缺的重要功勞。

察覺到對方話裡有話的紅眼球：「……」

它再次看了這句話一眼，又默默轉回開頭讀了遍第一句。

……淦。

被發現了！

『本次獲得的獎勵為，耐力*2、免疫力*2、反應力*2、身體強度……』

唐心訣睜開雙眼，入眼便是熟悉的寢室。

耳邊縈繞的則是一段詭異中帶著絲歡慶、歡慶中帶著絲詭異的背景音樂，機械提示聲伴隨音樂響起。

這應該是在……獎勵結算中途？

唐心訣想起室友被拉入副本的時機，所以當脫離升學考試副本後，她們又回到了這個一模一樣的時間點？

她轉頭與同樣剛剛醒來的張遊三人對視，從對方眼神中得到肯定的答案。

她們回來了。

『每人獲得50積分，獲得比賽第一名buff：[積分*2]，獲得5次商城抽獎機會……』

結算聲音還在繼續，昭示著友誼聯賽的豐厚獎勵。

儘管寢室裡的時間流逝可能僅僅過去一秒，但對四人來說卻有種跨越了副本的恍惚感，尤其是彼時尚未醒來的唐心訣。

從某種程度上講，如果不是突然出現的升學副本喚醒了她，這個時候她很可能會一直睡下去，白白錯過了獎勵環節。

『獲得團體成就【團戰獵殺者】：什麼是陣營？沒聽說過。對於第一名來說，世上只有兩個陣營，你和你的手下敗將們。』

『獲得團體成就【黑色星期六】：對於布氏手工集團來說，【黑色星期六】是他們最引以為傲的煙火。但對於比賽中的某些考生而言，你們的存在，才是黑色星期六。』

唐心訣越聽越不對：「這次的成就稱號，怎麼把我們形容得這麼殘暴？」

室友：「……」

為什麼會這樣，妳心裡沒數嗎？

念完一大堆成就稱號，比賽結算才進行到最終環節：

『捕捉精靈數量達標，已獲得一份來自精靈之家的特殊禮物，正在進行Buff加成，已加成第一名Buff【超級加倍】，已加成考試意外補償Bug【品質提升】。加成結束，正在拆開禮物……』

『叮！恭喜你們得到金色傳說級道具：寢室改造券！』

一張金光閃閃的卡片從空中降落，接觸到的瞬間，關於它的資出現在四人腦海裡：

『持此券可免費改造寢室，改造規模由寢室綜合等級決定。使用規則：需由寢室全體成員在空白處簽名，施工隊當晚即可趕到。』

『此券保存期限：72小時。』

拿到改造券，其他獎品依序出現落下，隨機道具很快在地面匯聚成一小堆，宛如購物節之後的收快遞現場。

郭果歡呼一聲蹲下盒，張遊和鄭晚晴也紛紛加入幫忙。唐心訣剛拿起一個，就敏銳捕捉到一絲叮噹聲響。

像是……手機發出的聲音？

她立刻回頭，只見許久沒見面的手機正靜靜躺置在書桌上。打開後螢幕亮起，沒有彈出任何訊息，卻讓她眸光一凝。

「看手機！」

聽到唐心訣提醒，三人一怔翻出手機，眼睛逐漸放大。

在手機螢幕上，宿舍生存ＡＰＰ的畫面已經煥然一新。

不僅背景、字體、功能布局等發生了變化，更重要的是——

在個人資訊畫面，綴在學校後方顯示的，赫然是【一本大學】！

郭果幾乎不敢相信自己的眼睛：「我們從、從三本直升一本了？」

她們那張卷子答得有那麼好嗎？

郭果聲音剛落，ＡＰＰ畫面又突然閃爍一下，然後她就眼睜睜看著「一本大學」四個字，變成了「二本大學」。

四人還沒來得及交流，螢幕又開始閃，又從二本大學變成了一本大學。

第八章 升學

看著反覆橫跳的ＡＰＰ畫面，一個大寫的問號橫在所有人臉上。

這是在幹什麼？

她們等了半晌，畫面始終沒有穩定下來，反而閃爍得越來越頻繁。

二本大學、一本大學、二本、一本……

張遊皺眉：「這種情況……是閱卷人還沒確定分數嗎？」

她們記得白眼球說過，升學考試是否及格，要由每道題對應的閱卷老師來決定。

唐心訣：「有可能。」

然後下一瞬，瘋狂閃爍的手機畫面黑掉了。

「……」

這已經不是閱卷人改不改分的問題了，這看起來像是改分的時候順便把大學城網路炸了。

「無論如何，至少現在能確定的是，我們成功通過升本了。只是目前還不知道究竟是二本還是一本。」

唐心訣滑了下手機螢幕，發現只遮住了個人資訊部分，其他功能還可以正常運行。

鄭晚晴撓頭：「找客服檢舉？」

唐心訣沉吟一下：「明天是週日，如果遊戲不再作妖的話，我們還有一天休息時間。

如果到了明天它還沒恢復，我們再找客服吧。」

畢竟現在客服也漲價了，兩學分不能輕易打水漂。

好在還有滿屋子「快遞」和新到帳的獎勵積分，又是等了許久的升級採購環節，四人很快被眼下忙碌的事轉移了注意力。

「我拆到了一個七折券、三個八折券、四個九折。」張遊舉起手上的物品：「還有一個可以折疊空間的小型收納筐。」

她估算了一下，寢室裡百分之八十暫時用不到的東西，都可以放進這個不足三十公分的收納筐裡。

鄭晚晴拆的都是大件，此刻一臉興奮接著張遊的話說：「我也拆到一個好東西！」

她高高舉起手，所有人抬眼看去，便望見一把一公尺長的黑黢黢鐵鍬。

鄭晚晴：「妳們怎麼不說話？」

她開心地比劃：「別看這根鐵鍬不大，它至少有十幾公斤，一鍬子下去絕對可以爆頭，多好的武器啊！」

珍惜地將其放到一旁，鄭晚晴打開下一個大件，從裡面拿出一把鐵鏟。

「哇！這把更好看！」

拆到後面，唐心訣三人這邊已經完工，就坐在地上看著鄭晚晴一邊抽獎一邊一個接一個地拿武器。

鐵鍬、鐵鏟、鐵榔頭、鎬頭、棒槌、錐子……

郭果不禁由衷發問：「我們下場考試，該不會要去農田裡幹活吧？」

張遊：「如果是古代史課程，也有可能是農民起義。」

她又轉而問郭果：「妳呢，妳拆到什麼？」

一說到這個郭果可就不睏了，她挪了挪屁股移動位置，露出手臂後面一小堆：

「看！」

全是零食！

雖然都是現實生活中常見的小零食，但在遊戲裡卻是不可多得的美味。一想到這，郭果感覺口水已經分泌出來了，她充滿希冀捏起一袋牛肉乾：「我們是不是該吃晚飯了？」

唐心訣正在翻閱自己拆到的《電視節目手冊》，聞言抬起頭：「先不著急，我們還有最重要的事情沒做。」

——那就是花錢。

積分是遊戲裡最硬通的貨幣，也決定了學生生活品質。簡而言之只要積分夠多，把生存遊戲玩成度假都行。

但遊戲顯然不會給考生通貨膨脹的機會，一場副本下來最多就幾十積分。

每當她們以為終於可以發家致富奔小康時，就被購買道具和技能升級後的餘額澆了一盆冷水：醒醒，連瓶醬料都買不起，還是回去啃壓縮餅乾吧。

所以這一刻，當四人看到自己的帳戶餘額，再次有了種農奴翻身做主人的錯覺。

一、二、三……整整三位數的積分！

每個人在比賽獎勵一百積分的基礎上，根據各自輸出又拿到了額外加成。最高的唐心訣甚至一口氣拿到了兩百，其他人最少也有一百五十，算上之前剩下的，四人加起來足足有將近七百分。

銀光一閃，鄭晚晴毫不猶豫再次升級了拳頭。

『恭喜你，成功將該技能提升至最高級「火車頭般的拳頭」！沒人會想在鐵軌上迎接一座迎面駛來的火車，同樣，也沒人會想承受你全部力量的一拳。』

『被動Buff「鐵窗淚」已升級為「鐵軌之力」：這是一條鐵軌，火車將壓到五個人，如果駛向另一條，將只壓到一個人。你是選擇不改變路線，還是一拳把火車砸飛呢？啟動此Buff即刻獲得鐵軌的祝福，暴擊傷害增加50%。』

這次，一條與正常人無異的手臂出現在鄭晚晴右臂下方，一舉一動流暢自如，只有通體的銀色能讓人知道它並非原裝。

而當它握緊，幾乎充斥半個寢室的巨大虛影橫空出現，所有人瞬間感受到當頭罩下的威壓。抬頭去看時，那股壓迫感卻消失了。

鄭晚晴摸摸頭：「抱歉！剛才使用能力的時候忘記調整範圍了。現在它把攻擊形態和自然形態分開，只要我還清醒，就可以一直保持這個狀態！酷吧？」

看見她喜氣洋洋，寢室氣氛變得十分昂揚。雖然鄭晚晴從來不說，但她缺失的右手一直是幾人心中的隱痛。

到現在這一缺口終於填上，每個人心裡都很高興。張遊端詳須臾：「幫妳換個原膚色？」

鄭晚晴頭搖得像波浪鼓：「不換！就這個最好看。」

她去開心研究拳頭了，剩下三人繼續兌換。郭果正在走馬觀花，忽然聽到張遊說：「晚晴的技能給了我一些啟示。」

郭果茫然抬頭：「什麼啟示？」

張遊：「準確地說，這是晚晴和心訣的共同點——她們都有某一專精技能，在此基礎上不斷升級。但同一技能的等級提升不等於單純強度疊加，而是從量到質的變化。」

理論上，哪怕一個技能最開始再平平無奇，當它攀升到最高等級後，也會展露出強大的一面。

郭果領悟：「所以妳的意思是，我們也該專注提升某一項技能？」

張遊點頭：「自主覺醒的特殊異能大部分無法透過商城升級，比如我的［舊物回收］和心訣的馬桶吸盤，但從商城裡兌換的卻可以。」

說罷，她從儲物袋裡拿出了磚頭帳本，伴隨手機裡購買成功的提示聲響，一道指尖大小的光團沒入帳本內。

郭果一眨不眨地盯著張遊將帳本翻開……沒有任何變化。

張遊輕咳一聲把帳本合上：「剛才漏了一步，再來。」

這次她兌換了幾張治療型技能卡，隨意掀開一頁將卡拍進去，帳本內浮現出一個透明空間，四個卡槽懸浮其中。

「原本帳本只能存放兩張卡，現在能放四張卡，增益效果也提升了。」

既然無法做到爆炸輸出，那麼攻輔兼備也不錯。最重要的是還不會影響它最基本的用途。

「沒錯！」郭果用力點頭，充滿興趣地在帳本上摸摸翻翻，很快又發現一個升級變化：「張遊，這個本子可以自訂名字誒！快想一個厲害的！」

張遊接過去一看，還真是如此。還沒等郭果拉其他兩人集思廣益，直接填了一個。等郭果再回來時，就看見帳本上寫著一排鮮明而樸實的大字：六〇六記帳專用。

郭果：「……」

剛才的魔法帳本呢？那麼大一個神祕酷炫的魔法書呢？

張遊無情打碎她的幻想：「它畢竟只是一個帳本，還要記帳的。」

節儉致富的宗旨，就是不浪費任何一件物品的使用價值，尤其是花錢買回來的東西。

郭果垂頭喪氣坐回自己位子，略帶不服氣地嘀咕：「那妳怎麼不拿心訣的馬桶吸盤去通廁所呢……」

莫名其妙中槍的唐心訣：？

聽到郭果嘀咕時，她剛好選完自己的購物車，是精神技能分類的兩套組合：【幻門之門】與【精神之刃】。

一個主攻幻覺操控，一個主攻精神攻擊，正好彌補了她自行研究的殘缺與弊端。現在如果再碰到友誼聯賽裡的高瑩，對方可能從窺探她的那一刻就會被反噬，其他人更不必說。

當然，世上沒有十全十美的事物。客觀上說，這兩個技能有一個最明顯的缺陷：太貴了。

點擊購買後，唐心訣直接關了商城。因為帳戶餘額已經再次清零，看什麼技能都買不起，徒增糟心而已。

閒著也是閒著，她用最後的成就點兌換一瓶生髮劑，走到郭果身邊：「果果……果果？郭果！」

郭果竟然雙目緊閉渾身發抖，雙手結印死死扣著自己脖頸，彷彿正在夢魘一般！

她立刻在郭果眉心重重一按，對方倒吸一口氣猛地驚醒，驚悸的目光落在唐心訣身上，好幾秒才重新聚焦。

這時鄭晚晴和張遊也衝了過來，就見郭果臉色蒼白長長吐出口氣：「訣神，幸好妳過來了，要不然我剛才可能被嚇死了！」

原來她剛才找技能時，對一個正在打折的名為【天眼】的技能產生了興趣。

本來看簡介只是陰陽眼的另一版本，買來打算正好升級一下陰陽眼。然而技能一落在身上，整個人陷入恐怖的幻象裡。

「我看到有很多很多黑色的霧，它們從地底鑽出來……然後裡面出現非常多的噪音，有笑聲，有哭聲，再然後能看到的只有黑暗，全都是黑暗。」

郭果無法把自己看到的東西完整描述出來，只能勉強用群魔亂舞來概括。

在陌生而恐怖的場景中，她想抓住吊墜讓自己清醒過來，卻怎麼都找不到，反而能感覺到黑暗中有無數的鬼怪。

那甚至不能用鬼怪來形容，更像是惡意集合體，它們離開地面幻化為各式各樣的怪物，再順著黑暗飛速擴散、蔓延、逼近……

「啪！」

面前的一個響指將郭果喚回現實，唐心訣按住她肩膀：「不要沉溺在這些景象裡，妳現在還沒適應。」

太強的感知力必須要搭配足夠的精神承受能力，否則就會反噬自身。

郭果眼淚汪汪點點頭，還不忘記眼疾手快把唐心訣手裡的生髮劑撈過來，整個身體蜷縮進椅子裡：「還好還好，打折買的技能沒花多少錢。」

要是死貴，她今晚就可以去哭倒大學城了。

等郭果澈底平靜下來，時間也到了晚上。

四人差不多拾掇完技能和物資，簡單收拾洗漱後，準備一頓前所未有的豐盛晚飯——火鍋。

相較於一個星期來的頓頓清貧，這頓飯顯得無比奢侈：從火鍋鍋底到配菜全都是商城貨物，用來犒勞她們連續兩場副本的辛苦以及豐厚收穫。

在吃飯之前，幾人在【寢室改造卡】上簽了名字，特地放在寢室最顯眼的中央位置，以免施工隊過來的時候找不到客戶。

做完這一切，她們圍成一桌，起鍋、放菜、開可樂、開電視，在嫋嫋升起的蒸氣中大快朵頤。

如果不考慮遊戲裡的處境，她們此刻真像是在現實世界的普通的一天：結束了一天的課程、作業和社團活動，四人坐在狹小的房間裡點一份火鍋外送，一邊追劇一邊熱氣騰騰吃飯。

曾經習以為常的日子，卻是如今不可多得的美好。

『近日，大學城第一屆升等考試正式開始，各個大學歡迎學生踴躍報名。招生活動也即將展開，敬請期待……』

電視機螢幕上，長舌鬼一如既往報導著新聞。

『有群眾反應，近日多名自稱出道偶像的大學城居民在住宅區跳舞，已經影響到周圍正常作息。對此，他們申請教育部單獨開闢選秀節目，將這些擾民者集中關押……』

『據知情人士透露，前日懸賞捉拿檢舉者的大學城某課程老師現已撤銷懸賞，他成功繞過重重身分保護，找到了檢舉者嗎？讓我們繼續追蹤……』

蒸氣慢慢升起，模糊了上方的空氣，遮住了下方四名逐漸沉睡的身影。

「叮叮叮，噹噹噹……」

唐心訣睜開眼，發現四周是一片空曠的純白空間，看不到半點邊際。

這是哪裡？

她剛剛不是還在和室友吃火鍋嗎？

四周只有空白，唯獨遠處清脆的鈴聲響著，似乎在呼喚她過去。

唐心訣順著聲音走過去，視野裡逐漸出現其他人的身影：張遊、郭果、鄭晚晴。她們都一臉茫然地向這邊走來，對為什麼會出現在這裡毫不知情。

當她們結伴走到鈴聲發源的地方，終於在純白的地面上看到幾個小小的身影。

這是幾隻……小木偶？

木偶們用力仰起頭，木製的圓腦袋上露出一個個熱情笑臉，張開雙手發出歡喜的聲音：「噹噹噹，歡迎來到妳們的新寢室！」

新寢室？

就這？

四人看著白茫茫空無一物的空間，實在找不到它和「寢室」這個地點的關聯在哪裡。

直到另一隻木偶用細細的聲音補充：「這裡是新寢室的藍圖空間啦。」

「這裡也是妳們的夢境世界，妳們可以在這裡設計新寢室，我們拿到藍圖後開工，當妳們醒來就會發現自己在改造好的新寢室裡了。」

前一隻小木偶點頭，聲音清脆：「沒錯，就是這樣！」

它煞有其事地拿出一張袖珍小紙，認真念道：「大學城三二三棟，A樓六〇六寢室，申請寢室改造，申請人唐心訣、張遊、鄭晚晴、郭果。」

確認好「雇主」的身分，小木偶湊在一起商量了一陣子，又從木箱裡拿出錘子、測量尺等物品，蹦到她們腳邊：「準備好了嗎？現在開始設計吧！」

唐心訣四人交換了下目光，最後由張遊開口：「這場改造有限制嗎，我們可以改什麼，不可以改什麼？」

小木偶用錘子敲敲腦袋，思考半晌：「嗯，我們也不知道。」

六〇六四人：？

你是施工隊的，結果告訴我你不知道？

木偶施工隊：「我們只知道妳們有兩種改造額度，分別為個人額度和團體額度。至於額度的多少，由妳們的實力等級和設計內容決定，我們當然不知道呀。」

「只有妳們說出想像中的設計，我們才可以判斷它是否能被造出來——這就是夢境藍圖空間的意義啦！」

張遊：「既然這樣……那我們需要先看到原來的寢室。」

施工隊：「沒問題！」

空間應聲而變，四人眼前景象一晃，便發現自己正置身於熟悉的寢室內。

眼前不僅大小和構造，甚至連寢室中央的火鍋蒸氣都與記憶裡的一模一樣，只不過這蒸氣是凝固在空中的，郭果好奇地伸手去碰火鍋，手卻從虛空中穿了過去。

「這是我們寢室的一比一投影。」

唐心訣抬腿從牆壁穿了出去，從外面看向自己寢室，有種奇妙的感覺。

「可以擴大寢室面積嗎？」張遊的聲音從另一邊響起。

四隻小木偶立刻分別跑到寢室的四個邊角敲敲打打，下一秒這個建模空間陡然一變，四面牆壁向外擴張了一公尺左右，家具布局隨之改變，寢室中央頓時多出一塊空地。

正站在中央的郭果嚇了一跳，原地轉了兩圈：「現在這裡可以多放很多東西了！」

雖然整體面積依然不大，但和普通大學寢室相比已經是一騎絕塵，做夢都夢不出來的水準。

張遊：「還能再擴大嗎？」

木偶搖頭：「已經到達面積擴張極限啦。」

鄭晚晴興致勃勃：「我想要一個專門掛在牆上的武器架！就放在這個位置。」她指向門口處多出來的一截牆壁。

兩個小木偶立即跳到牆面上，一面與鄭晚晴想像中別無二致的鐵製武器架轉瞬出現。

「妳確定要這個嗎？」施工隊拿出先前的改造單：「妳的個人改造額度已到上限。」

鄭晚晴沒怎麼猶豫：「就要這個。」

她的鐵鍬、鐵鏟、鐵錘終於有安放之處了！

郭果也做好了決定：「我要把我的桌子和床變成可以封閉的空間，能隨時打開關閉的那種。」

這樣再碰到闖入室內的鬼怪，她就不用只靠著薄薄一層床帳維持安全感了。

施工隊彷彿能看到她們腦海中的畫面，不需要再詳細描述，一座高高的環形架子就從郭果床鋪頂端落下，架子邊緣是兩條可以拉縮的布藝屏風，能將整個床位和書桌都遮蓋在內。

細節上更完美貼合她的想像：床鋪外也多了層厚實床簾，將睡覺之處牢牢防禦在最內側。

郭果：謝謝，這不就是她的夢中情床？

再次從名單上劃掉一位，施工隊又根據張遊的要求，將衣櫃封頂改造成一個兼收納、藏匿、鍛煉身體於一體的暗道。

「這條暗道可以通向我們四個人的床鋪，床鋪同樣可以通向廁所和陽臺……果果、晚睛，認真聽。」

如果這是在現實，幾人毫不懷疑張遊已經手持規劃圖，還會要求一人一份連夜背誦默寫。

最後剩下唐心訣：「我沒什麼特別需求，那就在空置處增加一個冰箱吧。」

施工隊這次卻沒動，木偶們面面相覷：「可我們是建築工人，家電不在我們的工作範疇內欸。」

「對呀對呀，大學城的家電都是王吉吉品牌生產，我們不可以亂做的。」

「這個做不了，請換一個吧。」

木偶們嘰嘰喳喳拒絕了這個要求。

唐心訣想了想，爽快道：「那我就要一個材質不限，可以通電製冷，低溫儲存食物，並包含壓縮機和製冰機功能的上下兩層櫃子好了。」

木偶們：「好噠！」

只見寢室藍圖內，洗漱區與休息區的分界處啪地落下一個白色冰箱，漂亮的金色花紋覆在面板外，還附贈了幾塊與四人形象十分神似的卡通冰箱貼。

其他三人：「……」

唐心訣由衷道：「你們做得實在太完美了，比我想像的還好。」

木偶驕傲挺胸：「那當然，我們可是專業團隊！」

「哦對了，還剩下最後的團體改造哦。」

工作接近尾聲的施工隊十分高興，催促她們快點做出決定。

四人斟酌商量片刻，最後道：「既然是團體改造，那麼可以增強整個寢室的堅固度嗎？」

內部細節的改造其實沒有太多發揮空間，畢竟有無數學校和學子們一屆屆的探索在前，已經奠定了這個狹小空間的最佳居住方式。

比起更舒適精美的寢室，她們更願意換五百張防護符貼滿所有牆。只要能保證絕對安全，就算回到野人生活狀態都行。

施工隊回答：「寢室堅固度是附魔屬性，也不在我們的工作範圍內。但我們可以為妳們替換更堅固的材料。比如門、窗、陽臺等等。」

某個關鍵字觸動了四人的記憶開關：「陽臺也可以？擴大面積或者封閉也行？」

——如果她們在寢室友誼聯賽之前就改造了陽臺，豈不是直接一鍵躺贏了？

「當然。」木偶們十分自信：「我們可是專業團隊！」

但專業歸專業，額度歸額度，它們兢兢業業測量後告知四人，三個強化只能選擇一個。

「如果選擇換門，就不能換陽臺和窗戶，反之也是如此。」

張遊眉心緊蹙。連她都難以抉擇，其他人更不必說。

糾結半晌，三人的目光漸漸落在郭果身上。

郭果：妳們看我幹什麼？

「妳的吊墜可以預知禍福。」唐心訣言簡意賅。

「對，現在裝潢不都講究風水嘛，妳看看選什麼比較合適。」鄭晚晴附和。

郭果：「……」

妳們清醒一點，我只能看禍不能看福！

她迅速甩鍋：「訣神有鑑定技能，妳來選比較合適。」

唐心訣：謝謝，妳不提醒我都快忘記還有這玩意了。

後期的【鑑定】屬實雞肋，所以她基本沒再用過。現在再拿出來溜一圈，果然仍舊一無所獲。

另一邊，郭果的吊墜也試了一遍，結果全是大凶：門口大凶，陽臺大凶，床鋪大凶，連天花板都是大凶？

最後，她面色沉痛地放下手：「妳們看，我說不行吧。」

張遊拍拍她肩膀：「沒關係，那我們就再研……」

誰料張遊的手剛拍下去，郭果突然渾身僵直，雙眼無神地向後倒去——

「郭果！」

三人同時撲過來要扶她，木偶隊也嚇得集體蹦起來，拿起小錘子一敲，差點摔倒的郭果就浮在了空中。

「呼好險，還好沒有砸到地上。」木偶們緊張得直拍胸口：「寢室改造必須經過所有人一致同意才行，可在夢中墜落會讓人醒過來，而且我們一天只能帶妳們進來一次。」

今天的工作差一點就完不成了！

唐心訣手覆在郭果額頭上：「不是攻擊，也沒有危險。」

那怎麼會突然變成這樣？

眾人還不得其解，郭果忽地猛吸一口氣眼神重新聚焦，脫口而出：「換門！」

當一扇鐵門代替原本的木門坐落在寢室出口，郭果恢復如常。

只是她也講不清楚剛才身上究竟發生了什麼，只能如實回答：「遊姐碰我的時候，我身體突然失去感覺了，眼前也渾渾噩噩看不清東西，只能隱約看到我們的門在前面，然後門上有很多很多黑影，特別危險……就沒了。」

她兩手一攤：「所以恢復知覺後我只剩下一個念頭，就是換更堅固的門。」

聽完，三人若有所思。鄭晚晴心直口快道：「妳該不會是覺醒了預知能力吧？」

張遊憂心忡忡：「我倒覺得更像是【天眼】這個技能的副作用……妳現在感覺怎麼樣？」

郭果扭了扭腦袋：「我現在感覺很好呀，一點後遺症都沒有，就是，就是稍微有點暈。」

她用力眨幾下眼睛，表情逐漸驚慌：「不，我現在真的有點暈，妳們怎麼影子都花了？妳們……」

在她徹底失去意識前，耳朵捕捉到木偶小人興高采烈的聲音。

「本次寢室改造已結束，歡迎下次光臨！」

「咚咚咚！」

郭果被敲門聲驚醒時，下意識從床上翻起來：「到八點了嗎？開始考試了嗎？」

「今天週日。」

床下傳來悠閒的聲音，伴隨進入鼻腔的一股奇異香氣，思考能力逐漸恢復，郭果想起一切。

對了，她之前是在吃火鍋，然後睡著進入夢裡，在夢裡建造了新寢室，所以現在應該是早上……新寢室！

郭果一個激靈左右環顧，入眼的景象讓她緩緩張嘴。

只見床鋪兩邊繫著厚實的窗簾，再向外是一個可拉縮的環形隔斷，燈光從敞開的屏風中間灑入，可以看見外面寬敞的過道，再向外則是唐心訣的床位和書桌。

此刻，對面的室友正坐在書桌上挽起頭髮，順便揉了兩下略帶黑眼圈的眼睛，悠哉道：「早。」

「早……」

「咚咚咚！」

門外的撞擊聲令郭果差點咬到舌頭，她精神高度緊繃地探出一個腦袋：「訣神，外面是什麼呀？」

「哦，那個呀。」唐心訣綁好頭髮跳下桌子：「還是走廊裡那東西，它從早上開始就時不時敲下門，可能是看到鐵門感覺很新鮮吧。」

「對了。」女生走出兩步後驀然回頭：「我們寢室裝潢好了，不下來看看嗎？」

郭果精神一振：「好呀！」

她激動地一個鯉魚打挺衝下床，看到嶄新的鐵門、嶄新的武器架、嶄新的冰箱，樂得快合不攏嘴：「沒想到我有生之年住上大寢室竟然是在遊戲裡……」

然而目光掃到下一處時，郭果的笑意陡然停住。

「等等，這是啥？」

在正忙著大掃除的張遊身影旁，洗漱鏡前的洗手池內，放著一個腦袋大的白色球狀物體，方才那股香味就是這顆球發出來的。

但最重要的是，如果她沒看錯的話，這顆球還在動？

它還有兩顆黑眼睛？

而且怎麼看起來還有點眼熟？

還沒等郭果想起來這股莫名的熟悉感是從何而來，鄭晚晴就拿著浴巾從洗手間開門走出，順便打開水龍頭，水流嘩啦澆到白團子身上。

白團子：「阿啾！」

郭果：「它還能吱聲？」

「不記得了嗎。」唐心訣走過來，語氣自然得和剛才說早安時一模一樣：「這就是友誼聯賽裡面的小精靈啊。」

郭果：！

第九章　小精靈

一時間，郭果竟分辨不出是自己耳朵出了毛病，還是精神出了問題。對，她可能根本就沒睡醒，這裡應該還是夢境。要不然怎麼能解釋，上上個副本裡讓她留下了深刻陰影的變異精靈，現在竟然又莫名其妙出現在她眼前？

而且就算是精靈球形態，那也應該是個藍色大皮球，水池裡這顆白團子是怎麼回事？

白團子：「阿啾！」

皮球抖了抖，然後被一雙手拎了起來，手的主人面色一如既往嚴肅：「是我弄的。」

郭果：「遊姐妳？」

她旋然意識到什麼，身體後仰：「該不會是……」

「沒錯。」張遊頗為頭疼地揉了揉眉心，拿毛巾把白團子一蓋，才抬頭解釋：「是舊物回收。」

【舊物回收】是張遊之前覺醒的輔助異能，可以隨機從上場副本中「回收」一件物品。她以前使用這能力時，拿到的都是小紅手機、冰櫃碎片等等非生物物品。但這次怎麼也沒想到，竟然「回收」了一個活物！

當看到一個皮球大小的白團子從天而降落在手上時，張遊也是茫然的。

之所以確定它的身分種類，還是唐心訣用鑑定功能和精神力一起探查的結果。她們也不知道該怎麼處理這東西，乾脆放到洗手池裡。

鄭晚晴拎著一把水果刀走過來：「對，我剛起床看到這東西的時候也嚇了一大跳。還好它現在只是個球，要是變成比賽裡那樣……」

回憶起那群「小精靈」一波又一波的變異，郭果不禁打了個寒顫。

如果寢室裡長出那種東西，危險性先不論，光是外貌形態就夠她做上好幾天噩夢了。

「所以為了以防萬一，阻止怪物入侵寢室，」鄭晚晴嚴肅地舉起刀：「把它片了下鍋吧。」

甚至還能加餐當存糧，可以說是一舉多得！

白團子：「啾？」

唐心訣靜靜看著她：「妳是因為它聞起來太香而饞了吧。」

鄭晚晴：「沒錯，妳們不覺得它很像大號湯圓……不！我是為了寢室的安全著想。」

她咽下口水，「總之先宰了，大不了再檢測一下有沒有毒。」

感覺到了殺意，白團子黑溜溜的眼睛看著鄭晚晴，然後啵地吐出一口水。

水沒噴到鄭晚晴臉上，但令空氣中的香味更加濃郁。

幾乎是同時，寢室門外的敲擊聲變得更快更重：「咚咚咚咚！」

郭果：「……」

她恍然大悟：「門外那東西之所以敲門，是因為我們寢室多出一隻小精靈！」

虧她剛才還真傻乎乎信了訣神的解釋，然後差點被這白團子當場送走。

雖然她們不知道走廊外面天天踱步巡邏的到底是什麼，但根據之前幾次的經驗來看，它對寢室內的學生似乎並無惡意，甚至還會提醒她們。

「所以我猜，小精靈應該屬於鬼怪這類，再加上它散發的濃郁香氣，可能被外面聞到了。」

走廊裡的存在大概覺得她們寢室裡進了鬼怪，所以急切地想要提醒。

張遊展開毛巾將白團子蓋住：「這樣香味是不是少一點了？」

唐心訣：「有點效果。」

「行。」張遊點點頭擰開水龍頭，捧住團子就是一頓猛搓。

「未免剛裝潢好的門第一天就被敲壞了，我和張遊商量了一下，準備先把它的味道弄淡，然後再研究怎麼處理它。」唐心訣解釋。

當然最主要的，她們要確認這個球到底是好是壞。

鄭晚晴還不死心：「真的不能用來燉嗎？妳看郭果，餓得眼睛都紅了……」

郭果：「……我看是妳饞得眼睛紅了！」

她氣鼓鼓一轉頭，視線餘光不小心瞥到鏡子，脖子嘎嘣一下硬生生停在原地。再然後她緩緩把頭轉回來，這才確認自己沒看錯：「完了，我完了。」

郭果捧著臉，嘴巴震驚地大張：「我眼睛真的紅了！」

被搓澡的白團子從毛巾裡露出一隻小眼睛：「啾！」

「救命啊！」

「啾啾啾！」

郭果的驚恐沒能持續一秒，等鄭晚晴拉住她手臂時，女生的頭已經垂了下去。

待她再抬起來，兩個眼眶已經被深紅色徹底占據，臉上表情十分平靜：「別擔心，是我。」

話音還沒說完，鄭晚晴已經捏緊了拳頭，巨大鋼鐵虛影浮現——

「……是我！我是妳們輔導員！」

此話一出，寢室才安靜下來。

鄭晚晴和張遊看向唐心訣，唐心訣則點點頭：「氣息很熟悉。」

「郭果」鬆了口氣：「還是唐同學記憶好……」

唐心訣：「但熟悉也不能保證萬無一失，請老師證明一下吧。」

「郭果」：「……」

她不得不朝窗外揮了下手，一顆比窗戶還大的巨型紅眼珠就飄了上來，把窗外占得滿滿的。

「上次來找妳們太匆忙了，所以這次我特地先藏起來，免得乍一出現嚇到妳們。」

輔導員有些鬱悶地解釋。

三人：「……」

二話不說突然附身才最嚇人吧！

她們嚇沒嚇到暫且不說，郭果是肯定被嚇得不輕，現在大概已經自閉了。

輔導員不好意思地眨眨眼，表示以後會採取更溫和的方法。然後轉到正題：「言歸正傳，這次我來找妳們，是因為一件很重要的事。」

六〇六立刻集中注意力，便聽到對方問：「妳們收到升學通知了嗎？」

是為升學的事而來？

唐心訣與室友對視一眼，笑道：「老師您來得正好，我們還想找您呢。」

——升學通知沒有，崩掉的APP倒是有四個。

看完四人手機，又聽幾人講了APP反覆橫跳的怪異現象，輔導員卻鬆了口氣：「還好，妳們沒直接升到一本，還有緩衝的餘地。」

唐心訣品出有異：「升到一本，不是一件好事嗎？」

輔導員表情嚴肅起來。

「是，也不是。」

經過一番講解，唐心訣四人才理解「一本」與「二本」的個中關竅。

一旦考生升級成功，她們最先面對的不是更多許可權、福利，也不是更多遊戲資訊，而是驟然拔高的考試難度。

等級越高，考試越難，副本裡的鬼怪就越危險。

相對應的通關獎勵當然也更多——但要先有命拿才行。

因此儘管理論上來說，升級越快越高越好，但若強行將一個普通三本學生扔進一本考試中，只會讓他死無葬身之地！

「這也是只有通過判定的寢室才能參加升學考試的原因。」輔導員道。

「除了這一情況，大學城每隔一段時間會開放主動報名的名額，但同樣，只有能力達到通關基礎的學生才能報名成功……咳咳，這些就和妳們沒什麼關係了。」

輔導員立刻轉移話題：「所以為了學生的安全，階梯式上升是最好的方式。」

下一句她沒再繼續說，但六〇六幾人已經明白了：越級上升，既代表著危險。

回想起昨天APP第一時間彈出的「一本大學」，幾人心中俱是一凜。

「監考老師曾說，如果有閱卷人非常喜歡我們，甚至可以直接保送到一本。」

唐心訣加重了「保送」兩個字的語氣，似乎已經猜到了什麼。

輔導員冷笑一聲：「那他真是太『喜歡』妳們了。」

「他？」唐心訣抓住這個字。

輔導員卻搖搖頭：「我不能告訴妳關於考試批卷的資訊，這是違反教育部條例的。」

「但學生的想像力不會違規。」唐心訣想了想：「所以老師，我可以問一個不涉及具實際資訊的假設性問題嗎？」

輔導員猶豫了一下：「妳問吧。」

「假設，有人寧可花費力氣保送我們提前進入一本，卻不是因為滿意我們的考試答案，那會是什麼原因？」

那雙非人的深紅色瞳孔注視著唐心訣，從郭果的嘴唇中吐出兩個字：「私仇。」

這次輔導員的到訪很短暫，似乎就是單純為了提醒她們這一點。

因為APP的個人資訊畫面仍一片黑，輔導員查詢後也給不出答案，只是讓她們做好最嚴峻的準備，以迎接一切亟待降臨的危險。

「但也不要太悲觀。」她握起郭果的小拳頭鼓勵道：「用妳們的話來說，學海無涯苦作舟！」

「老師，到了我們這個學習階段一般用的諺語是，學海無涯，回頭是岸。」

輔導員：「……」

妳們真的很難懂。

唐心訣扶住郭果搖搖欲墜的身體，朝窗外紅眼球揮手再見，「對了，謝謝您在升學考試裡的幫忙。」

紅眼球不好意思地轉了轉眼仁：「那是副本固有環節，只是我正好有空，就分一小支意識接手而已……等一下，那是什麼？」

眼仁轉動到一個角度，看見了三個人身後水池裡，正在毛巾下面搖搖晃晃的白團子。

眼球看起來比剛起床的郭果還要震驚。

「妳們把小精靈拐到寢室裡了？還把它洗掉色了？」

「這是要上精靈保護法庭的！」

第十章　喪屍圍城實踐

輔導員震驚了，六〇六也愣了。

誰把白團子搓掉色了？她們嗎？

天降橫鍋，張遊立即拿開毛巾，抬起雙手以示無辜：「不是我搓掉色的，它剛出現在我們寢室就長這個樣子了。」

白團子：「啾！」

片刻，聽完對【舊物回收】技能的解釋，窗外的大紅眼珠這才稍稍平靜。但看向白團子的時候仍舊有點不敢置信：「可是，這不可能啊，從來沒聽說過小精靈還有白色的。」

唐心訣問：「精靈之家的所有精靈都是藍色？」

輔導員：「精靈倒是種類繁多，但只有小精靈這一種類才能變成球形。小精靈妳們應該都見過了，友誼比賽裡妳們經歷的五輪變異精靈，其實就是它們從初始形態到逐漸成長的過程。」

它苦於只有一顆眼球不能比劃，好在眾人很快反應過來：小精靈大概就相當於小貓熊，雖然也有貓熊兩個字，卻和大貓熊根本不是同一物種。

郭果剛恢復對身體的控制，還在暈頭漲腦時聽到這句話，頓時悚然道：「那這個小白球以後也會長成那樣嗎？」

白色哥布林；白色翼龍、白色人臉怪？

這還不分分鐘把寢室拆了？

輔導員著實被問住了：「呃……這……我也不太清楚。」

「那以老師的經驗，我們應該怎麼處理這隻小精靈呢？」唐心訣又自然而然地將鍋甩了過去。

大紅眼珠轉得更慢：「嗯，大學城至今還沒發生過學生把小精靈抓回寢室的先例，所以我也……」

經驗和建議沒有，只有眼球一顆。

最後它還是在四人一團聚精會神的注視中敗下陣來，如實說道：「精靈之家與大學城並沒有固定連接點，一旦出入口消失，所有在外精靈也會被自動傳送回去。」

所以嚴格來說，六〇六寢室裡這隻白團子，很可能還是大學城有史以來第一隻「野生」精靈，值得被送去重點保護研究那種。

鄭晚晴聽得腦袋發暈，抓住自己唯一記住的詞彙：「不是有【精靈保護法庭】？」

在說出這句話後，她感覺紅眼珠似乎露出了一絲看傻子的眼神：「那個法庭是由精靈之家主持的，就算現在能開庭，妳們真的想過去嗎？」

考生們在副本裡能隨便攻擊精靈，一是因為考試規則特殊，二是因為小精靈不會死亡——字面意義上的不死不滅。

無論受到什麼攻擊，它們至多變成一顆精靈球，也即是小白團子現在的狀態。

但若是在副本之外……寢室四人對大學城可以說是知之甚少。但饒是如此，也能從輔導員的語氣中感受到不妙。

精靈之家最後的凶殘猶自歷歷在目，更別提馬桶吸盤還差點生吃了一個Boss，四人落到它們手中的後果可想而知。

寢室一時陷入沉默。只有白團子還在無知無覺地啾啾叫。

「我大概懂了。」唐心訣打破寂靜，「所以現在的情況是，我們無法銷毀這隻小精靈，也不能把它送出去。」

那好像就只剩下最後一條路了。

這顆球，她們要養在寢室裡。

輔導員：「……好像是的。」

四人一眼珠面面相覷。

「咳咳。」眼珠子安慰道：「不過妳們也別太擔心，我檢測了一下，這隻小精靈對妳們沒有任何攻擊氣息，危險度無限趨近於零，這是好事呀……」

「咚咚咚！」門外狂敲聲打斷了輔導員的話。

唐心訣：「我想，門外的朋友好像不覺得它是一件好事。」

輔導員：「……」

「誤會，肯定是小精靈氣息太明顯，讓它產生誤會了。」

接下來不知道眼珠子做了什麼，門外敲門聲終於停下，隨後是漸行漸遠的腳步聲，看來那位巡邏者已經離開了。

輔導員這才繼續說：「學生覺醒的能力，哪怕在大學城圖書館中，也是最神祕複雜的分類。既然異能使妳們在這麼小的機率下遇見它，用妳們的話來說，這叫緣分。而且最重要的是，理論上小精靈是一種非常好養活的生物……」

——雖然目前尚未有任何實踐記錄。

「啊，時間快到了，我得走了。」

輔導員忽然驚呼一聲，眼珠子一轉掉頭就要離開。

四人：「……」

妳確定不是因為不想管，才匆匆跑路的嗎？

好在輔導員並沒有澈底撂挑子，走之前還是留下一個印記在小精靈身上，用於觀測它是否會出現重大變異。並承諾絕不會將這件事洩露出去。

窗外恢復一片白茫，四個女生的目光重新落回洗手池。

「該怎麼處理你呢。」唐心訣沉吟。

白團子看起來無法理解她們說的話，它在池子裡扭一扭晃一晃，似乎找到了最舒服的位置，滿意地啾了一聲，兩顆小黑豆似的眼睛一閉，就一動不動了。

四人：「……」

我們在研究怎麼養你，你卻在這裡睡大覺？

又討論了不知多久，她們終於確定一件事：四個人都沒有任何養寵物經驗，並且對此一籌莫展。

再回頭一看，外界聲音絲毫不能影響白團子，對方睡得舒舒服服，圓滾滾的身體還如同人呼吸時的肚皮一般輕輕起伏，就差沒打呼嚕了。

這一睡，就睡到了晚上。

最終決定以不變應萬變後，四人開始正常按計劃生活：練習技能、研究道具、複習副本、制定戰略。

輔導員到來後，覆蓋在升學考試上的迷霧終於散開，她們明白了究竟為什麼升學結果會是這種鬼樣子。

——因為有一位「閱卷老師」想讓她們直升一本，卻在還沒完全成功時被另一位閱卷老師，也即是輔導員發現了此事，當即出手攔截。

按照各種邊角資訊顯示，判卷應以所有分數裡的最高分為主。但因輔導員許可權特殊，竟硬是攔住了一部分。

故而她們所看到的反覆橫跳，其實是兩名閱卷者爭奪許可權的過程。這場拉鋸最後結果不明，代表六〇六接下來要面對的考試也充滿了不確定性：它有可能是一本難度，也有可能是二本難度，甚至還有可能變異出難以預料的情況。

就像輔導員說的那樣，不論如何，她們必須做好最嚴峻的準備。

剩下的，就要看明天了。

這是四人在遊戲降臨之後，度過的第一個週末。

電視機裡徹夜播放著小紅帽的趕場舞蹈，還有她滿地找頭的驚呼聲。大學城每日新聞播無可播，無鼻鬼便一次次重複念贊助品牌的廣告，沮喪的聲音拉得很長，彷彿要讓空氣都變得緩慢。

每個人都睡得很晚。疲憊入睡前，郭果突然想到一件事：「對了訣神，我能問妳個事嗎？」

「說。」

「為什麼妳和輔導員說，感謝她在升學考試裡對我們的幫助呀？」

郭果當時意識還清晰，也聽到了輔導員的回答，卻沒弄懂這段對話。她只知道輔導員每次來走訪，倒楣被附身的都是她，卻不知道對方竟然還在升學考試裡出現過？

唐心訣：「她不僅出現過，還幫了妳兩次。」

郭果瞌睡一淡：「啥？」

她絞盡腦汁地回憶副本內容，也只想起來曾被一個NPC幫助過，還連續跳了兩次樓……

她猛地睜大眼，醍醐灌頂：「蔡同學！」

輔導員就是那個沒了雙臂、不會說話，熱衷於帶人跳樓的蔡同學？

唐心訣：「就是妳想的那樣，晚安。」

得到肯定回答，郭果頓時瞌睡全無，腦袋如同發現新大陸一樣，開始自動重播副本裡點點滴滴，結果越想越精神，越精神越睡不著覺。

過了不知多久，寢室裡響起郭果痛苦的聲音：「誰能給我一粒安眠藥。」

或者打暈她也行啊！

郭果含淚發誓，以後睡前再胡思亂想，她就馬上擁有比訣神重十倍的黑眼圈，並且成為一隻豬。

黑暗中回答她的，只有白團子精神十足的小小叫聲：「啾！」

週一早上剛剛到來，就發生了出人意料的情況。

因為比考試來得更早的，是一道系統通知。

『親愛的新生，恭喜你們已在【宿舍生存遊戲】中成功生存一週，達成【初入大學】成就。』

『為表揚你們的學習成果，大學城向你們寄來一份邀請函。請及時查收！』

唐心訣撿起地面的信封，念出上面字眼：「變換社區體驗卡？」

信封是五彩拼接的顏色，一塊紅色貼紙黏合封口，封面上沒有更多介紹。然沒等幾人繼續琢磨，考試時間就接踵而至：

『叮咚咚，咚咚叮——』

『美好星期一，上課時間到，試卷已分發，大家準備好——』

APP頁面跳轉：

『請從以下考試內容中選擇一項，倒數計時：十分鐘。』

『A.海洋文明簡史。』

『B.喪屍圍城之學生生存實踐。』

『C.人體解剖。』

看到這三個選項，張遊一怔：「如果我沒記錯……」

鄭晚晴：「這些選項是不是……」

郭果：「以前全都出現過？」

三人同時轉頭，看向記憶力最好的唐心訣。

唐心訣點頭：「沒錯，全都出現過。」

——這三個考試選項，均是以前被她們放棄過的題目。

是巧合，還是升學帶來的特殊環節？

沒時間探究了，倒數計時流逝得飛快，她們必須立刻做出選擇。

郭果握住吊墜，她這次沒看到幻象，飛快感受了一遍：「都很危險，分不出哪個更恐怖，但我選A或者B。」

光是看到人體解剖四個字，她覺得海底生物和喪屍似乎也不是那麼恐怖了。

鄭晚晴比較糾結：「其實我小時候掉進村頭的小河裡，後面再也沒游泳過，所以我也不知道自己有沒有心理陰影……我還是選B或者C吧。」

唐心訣與張遊對視一眼，「那就取交集。」

『叮，報名成功，考試載入中……』

『喪屍圍城實踐考試開始，試卷已開，請大家努力答題！』

這是一個與平常無異的清朗早晨。

週一的課程本來充實而繁忙，但你們剛才忽然收到訊息，早上第一節課取消了。

這似乎只是一個微不足道的小插曲，卻莫名令你們有些擔憂，於是你們聯絡了班長，而她的回答是……

這段資訊陡然出現在腦海的同時，唐心訣睜開雙眼。

入眼是熟悉的寢室——包含裝潢改造後的形態。

「幸好這次遊戲還有點底線，沒給我們一個光禿禿的寢室。」

鄭晚晴第一時間衝到門口檢查武器庫，確認無一缺少後慶幸道。

「從另一個角度想，也有可能遊戲並沒打算留給我們，只是有寢室改造券Buff在，它沒能換成而已。」

唐心訣開了個玩笑。

將剛剛那一段背景資訊在腦袋裡迅速過了一遍，她打開手機。

如果不出意外，開局第一個關鍵資訊就在這裡面。

果不其然，隨著手機螢幕亮起，一個聊天群組映入眼簾。

這是一個五人群組，成員分別是六〇六四人，還有一個暱稱為「班長」的人。

聊天畫面赫然停留在班長的最後一則訊息上。

班長：『這件事一時間說不清楚，等下我去找妳們當面說。』

──班長要過來？

張遊她們湊了過來，四個手機螢幕一對比，都是一模一樣的畫面。

「我們要讓她來這嗎？」郭果心裡有點怕。

從提示來看，副本劇情已經開始。接下來的事態發展，她們已經從廣泛的喪屍題材影視作品裡有了初步瞭解。

如果這個「班長」真的過來，那麼誰也不知道，她們要面對的究竟會是一個NPC──還是一隻喪屍。

唐心訣略一思忖，在聊天室打出四個字：『你在哪裡？』

群裡無人回覆。

而同一時間，似乎正好應四人所想，門外突然響起一陣腳步聲。

腳步聲很重，很匆忙，方向正對六〇六的門！

腳步聲從出現到逼近門口，只有短短幾秒。

所有人神經緊繃一瞬。

畢竟但凡看過兩部喪屍片，從《喪屍圍城實踐》這個名字就能看出，這個副本裡數量龐大的敵人有著什麼特點。

潛伏期、發病、咬人、傳染、變異……

這幾個已經在電影裡看爛的詞，一旦真實落在身上，是一種與鬼怪截然不同的恐怖——誰也不想拿到這張免費變異體驗券。

唐心訣閉上眼，下一瞬卻睜開：「我的精神力不能用了。」

抽出馬桶吸盤，桿子頂端的骷髏圖案也灰暗淡化，象徵著特殊屬性的失效。

其他三人一驚，立即各自檢查自己的技能。

然而還沒查完，就聽到門外動靜一頓，腳步聲已經在門口停下。

可預計的敲門並未出現。只有短暫的窸窸窣窣摩擦聲在門縫裡一閃而逝，緊接著又是轉瞬消失的腳步聲，門外的人匆匆跑開。

唐心訣站至門前，手輕輕覆在門板上。雖然精神力異能消失，但五感的敏銳並未削弱。

「門外沒人，門縫裡有一張紙。」她看了一眼：「需要打開門才能拿到。」

另一邊，鄭晚晴搖搖頭，閃爍著金屬光澤的銀色手臂握緊又鬆開：「我的拳頭異能也沒了！」

右手只剩下最普通形態，使用起來與常人無異。

張遊放下儲物袋：「所有帶魔法的道具和防護罩全部失效。」

四個人中竟只有郭果稍好一些，只被封了驅魔能力，陰陽眼和吊墜仍能使用。

但對於喪屍副本而言，陰陽眼有或沒有好像毫無差別。

「是我們沒及時預估到這種情況。」張遊嘆氣：「我們的異能會影響副本，那麼副本類型同樣會反過來制約我們。」

這一點，她們在升學考試副本中就應該有所察覺。

單單是鄭婉晴的鋼鐵拳頭，在面對紅藍綠紫時就已經足夠Bug，更何況是無鬼的喪屍世界？

遊戲為了平衡，就必定會限制她們相應的能力。

「那現在怎麼辦？」郭果緊握吊墜，瞳仁像顆緊張的小葡萄。

兩分鐘後。

四人人手一根鐵鍬鐵鏟，從四個方位包抄靠近門口。

剛剛落戶的武器架此時彷彿閃耀著聖光，讓人恨不得穿越回前天「拆快遞」的時候，把所有盒子都讓鄭晚晴來拆，最好拆出個九齒釘耙什麼的。

她們現在手裡拿的是鐵鍬嗎？不，最高端的武器只需要最普通的款式，這分明是掌握了生存真諦的頂級銀武！

鄭晚晴神情嚴肅蹲在門前，伸出兩根手指向前一揮：「十二點鐘方向，開門。」

握住門把手的唐心訣：「……妳往後點，等等第一個撞妳腦袋。」

把手按下，平常牢牢緊閉的門在副本中悄然打開，一張紙片從門縫中落下。

走廊靜悄悄沒有半點聲音，她們又迅速關上門。撿起紙片，上面只有幾行潦草的字跡：

最恐怖的情況馬上出現，現在離開已經來不及了。

不要出門，絕對不要出門。

不要相信任何人。

活下去。

字跡越向後越難以辨認，最後一行像是在極度慌亂中戛然而止。紙張沒有署名，扔下紙片的人已經消失在走廊裡，無法確認身分。

會是那名「班長」嗎？

紙片提示出現，通常意味危機已經到來。

再次打開手機，群組裡依舊沒有任何回覆。這次唐心訣直接點擊「你在哪裡」這則訊息，一鍵群傳給所有聯絡人。

總有一個能線上吧？

接下來，她在張遊三人手機上也做了同樣操作。如果不是手機退化成金剛機，5G時代的所有資訊方式都逃不過。

鄭晚晴略微不解：「可以直接打電話過去嗎？」

「傳訊息是聲音最小的通訊方式。」唐心訣道：「有些喪屍的設定是對聲音敏感。」

如果她們打電話時對方正好在躲喪屍，又沒有開手機靜音模式，那這名NPC可能就被她們直接送走了。

「如果沒人回覆呢？」張遊問。

「那就說明劇情進展得非常快。」唐心訣舉起寫滿警示語的紙片：「到了我們該守塔的時候。」

話剛落入空氣，郭果的手機就突然嗡嗡兩聲，她連忙拿起來給所有人看：「有人回我了！」

這是郭果的聯絡人列表中一個叫「全是我老公」的好友，她傳來訊息：『哇，沒想到妳還能未卜先知！我已經到你們學校門口啦！今天突擊妳學校來找妳玩，驚不驚喜意不意外？』

郭果：「……」

意外是很意外，驚喜還是驚嚇就不一定了。

遊戲果然還是一如既往地狗，如果不是傳訊息，她可能根本不知道自己還有一個「朋友」——直到對方找上門來。

沒過兩秒，新的訊息又彈出：

『你們學校裡面好安靜欸，人也好少，比我前幾次過來的時候少多了，是有什麼活動嗎？』

郭果下意識打出幾個字，又突然反應過來：「如果我說學校裡有喪屍讓她快跑，她會相信嗎？」

唐心訣：「如果妳是NPC，妳會信嗎？」

郭果：「……」如果一週以前有人告訴她妳馬上就會進入一個名叫【宿舍生存遊戲】的恐怖世界裡，她大概只會回覆一句「不用開學了？好耶！」

果然，在「學校有喪屍」這幾個字傳出後，「全是我老公」立刻回覆：『那學校是不是都要放假了？好耶！』

「……」

只見唐心訣指尖在螢幕上飛點幾下：『其實今天宿舍區有精神病人拿刀進來了。』

全是我老公：『？？？？？』

全是我老公：『我靠我靠真的嗎別騙我妳怎麼不早說那我怎麼辦我已經站在妳們宿舍區了救救我救救我』

唐心訣：『轉頭回去或者就近躲起來，別忘記找防身工具，我們現在不能出門。』

對面安靜片刻，傳過來一張照片。裡面是一排監視器螢幕和幾張桌椅。

全是我老公：『我剛才太害怕了就跑保全室裡面了，沒想到裡面一個人沒有。現在我更害怕了，監視畫面裡空的離譜妳們知道嗎？』

全是我老公：『等保全回來了我讓他們送我出校門，朋友我們有緣再見哈。』

全是我老公：『不說了，好像有人來了……』

訊息戛然而止。

郭果摸了摸鼻尖：「一般情況下，這是不是要領便當的徵兆？」

唐心訣打開另一個群組：「那個未必，但這個應該是了。」

只見「一八〇一（別設免打擾）」群組中，從班長宣布早課取消時就斷訊的訊息畫面，突然多出了一段語句不通的混亂文字。

不僅訊息看起來像在鍵盤上胡亂按出來的，傳訊息之人還連傳了好幾則，緊接著還發起了群組通話，不到半秒又馬上關閉。

但更令她們注意到的是，群組裡依然是一片死水，連個問號都沒人傳。這幾則訊息就像平靜水面突然竄出的泡沫，轉瞬重新沉下。

明明什麼都還沒出現，風雨欲來的壓抑感卻攀上心頭，隨著時間推移令人越發窒息。

鄭晚晴有些暴躁地點擊螢幕，想進生存APP中查看考試詳情，但手機顯然被完全卡死在這個聊天軟體裡，無法再為她們提供額外資訊。

「現在最棘手的不是可能出現的危險，而是未知。」張遊眉心緊蹙，著重強調：「我們對這個副本還一無所知。」

郭果一時沒懂：「副本資訊不是已經給出了很多嗎？」

比如故事背景、危險來源、生存方式……

張遊簡短道：「那怎麼才能通關？」

郭果倒吸一口氣。

對啊！副本看起來什麼都給了，但最重要也是最基礎的卻通通沒說。她們現在甚至連通關條件都不知道。

假如通關條件之一是郭果的「朋友」必須活著，那她們現在豈不是四捨五入已經完蛋了？

「現在只有一個方法，等待劇情推進。」唐心訣得出結論。

從初始時出現在腦海的資訊，到後面訊息種種，都明示著副本初始劇情的重要性。

那就很有可能當劇情推進到某種程度，考試提示才會出現。而在澈底開始前的這段時間，就是她們的適應和準備時期。

捋清思緒，四人二話不說便開始行動。

圍城生存即守塔戰，最重要的自然就是「塔」。現下它代表的毫無疑問就是四人正身處的六〇六寢室。

只要不讓喪屍進入寢室，理論上她們就永遠不會陷入危險——除非宿舍被炸飛。

張遊倒出三個大儲物袋的所有道具，從裡面選出兩條手腕粗的鐵鍊，搭配萬能鎖先封住了陽臺窗和寢室門。

窗外現在還是白霧茫茫，但不保證後面會不會也載入劇情。寢室門更加重要，這還要歸功於郭果在寢室改造時的預感，提前將它換成了鐵門。

否則以原本的小木門，撐不撐得住還是個未知數。

第一步寢室防禦，第二步就是物資問題。

「啊，幸好我們趁週末補充了一波日常用品和吃的。」

郭果一邊慶幸不已，一邊拎起食物儲存袋往下倒，便見無數壓縮餅乾、麵包、牛肉乾、米餅……簌簌掉落的食物轉瞬堆積出一個小山，而儲物袋卻還沒倒空。

「……」

郭果肅然：「遊姐，妳究竟存了多少吃的？」

所以有這麼多存糧，她們以前為什麼還要那麼省吃儉用呀！

張遊扶了扶眼鏡：「以前不節省，現在能有這麼多食物麼？」

郭果：「……」

好有道理，她竟然無言以對。

準備快到尾聲時，所有人的裝備都已經煥然一新。

厚實布料從頭包裹到腳，容易受到攻擊的地方都墊上厚厚護墊，腰間別著一到三把尖銳武器，還有專門擋在臉上的護目鏡。

郭果站在鏡子前面：「妳們說，喪屍如果衝進門看到我們，會不會覺得我們是外星人？」

鄭晚晴無情道：「首先，喪屍不可能衝進門。」

經過她的刻苦鑽研，門上已經加了至少三道防護鎖鏈。想衝進來，除非喪屍把整扇鐵門從中間撞成兩半！

銀色手臂拽住一條鎖鏈搖晃驗證，碰到鐵門響起沉重的金屬交擊聲。

唐心訣忽然回頭：「門外有人。」

仔細聽去，金屬交撞聲中，似乎夾雜著一道熟悉的門縫摩擦聲——

剛才送紙片的那個人又回來了？

郭果離得最近順勢蹲下，默念三聲到外面聲音消失後，悄然將門拉開了一條縫。

地上果然又出現一張紙條。

郭果立刻伸手撿起，還沒等看清紙條內容，倏地感受到一絲來自頭頂的涼意。

視線上移，一張血肉模糊，雙眼外凸的臉正湊在她頭頂的門縫處，咧著嘴直勾勾盯著自己。

——《宿舍大逃亡06高等升學考試》完——

——敬請期待《宿舍大逃亡07喪屍圍城實踐》——

高寶書版集團
gobooks.com.tw

YS 045
宿舍大逃亡 06 高等升學考試

作　　者　火　茶
責任編輯　吳培禎
封面設計　單　宇
內頁排版　賴姵均
企　　劃　何嘉雯

發 行 人　朱凱蕾
出　　版　英屬維京群島商高寶國際有限公司台灣分公司
　　　　　Global Group Holdings, Ltd.
地　　址　台北市內湖區洲子街88號3樓
網　　址　gobooks.com.tw
電　　話　(02) 27992788
電　　郵　readers@gobooks.com.tw（讀者服務部）
傳　　真　出版部(02) 27990909　行銷部 (02) 27993088
郵政劃撥　19394552
戶　　名　英屬維京群島商高寶國際有限公司台灣分公司
發　　行　英屬維京群島商高寶國際有限公司台灣分公司
法律顧問　永然聯合法律事務所
初版日期　2025 年08月

原著書名：《女寢大逃亡》由北京晉江原創網絡科技有限公司授權出版。

國家圖書館出版品預行編目(CIP)資料

宿舍大逃亡. 6, 高等升學考試 / 火茶著. -- 初版. -- 臺北市：英屬維京群島商高寶國際有限公司臺灣分公司, 2025.08
　冊；　公分. --

原簡體版題名：女寢大逃亡

ISBN 978-626-402-326-9（平裝）

857.7　　114011409